Kadokawa Fantastic Novels

西 条陽

插畫

Re岳

I'm fine with
being the
second girlfriend.

3

volume
three

我當備胎女友也沒關係。

contents

第18話
因為弱小
010

第19話
二對一
039

第20話
麥茶
065

第21話
一起壞掉吧
088

第21.5話
酒井文的畢業考
109

第22話
嶄新的愛情表現
115

第23話
回到那時候的未來
138

第24話
美麗的修羅
165

第25話
合法毒品
184

第26話
最喜歡
215

第27話
分手吧！
241

這是早坂同學走進試衣間時發生的事。
「不要跟我以外的女孩子做那種事啦……」
橘同學踮起腳尖將嘴唇貼了上來。
這是個不到一秒的短暫接吻。
但還是被店員看得一清二楚，並露出了驚愕的表情。
會這樣也是當然的。畢竟趁著女朋友走進試衣間，
在店裡和其他女孩子接吻的男人實在很差勁。
「其實我今天一直想這麼做。」
「畢竟司郎是我的男朋友啊，
這點千萬別忘記喔。」

橘同學抱著堆積如山的連身裙，
哼著歌走進了試衣間。
「你為什麼……為什麼要說自己是橘同學的男朋友呢？」
這次輪到早坂同學了。
「桐島同學是我的男朋友吧？是只屬於我一個人的男朋友對吧？」
雖然前提條件就不對了。
但既然早坂同學這麼說，那就一定沒錯。
「欸，桐島同學，來接吻吧。
你跟橘同學……親了對吧？」
「既然我是你的女朋友，
那就必須蓋掉痕跡才行吧？」

我當
備胎女友
也沒關係。
3
volume
three
Kadokawa Fantastic Novels

第18話 因為弱小

放學後，我和橘同學一起回家。

她吐著白色的氣息，臉頰看起來也十分冰冷。身穿灰色的厚外套，搭配灰白色的格子圍巾的她看起來和冬天十分相襯，但是——

「橘同學，妳不開心吧。」

「你很清楚嘛。」

橘同學看都不看我一眼，用鬧彆扭的表情說著。

「都是男女朋友了，至少該牽個手吧。」

從剛剛開始，橘同學就不停用她放在自己外套口袋裡的手，輕拍身旁的我的手背。

「不，這裡是上學路耶。」

「沒關係吧。」

「要我把手伸進橘同學妳的口袋裡嗎？會很擠吧。」

「這樣比較暖和喔。」

「一般不都是伸進男方的外套裡嗎？」

「司郎又沒穿外套。」

「那麼，等我穿外套再這麼做吧。」

「真是不肯死心。」

橘同學挑起單邊眉毛，生氣似的用身體撞了過來，我也推了回去，我們就這麼擠在一起。

「我們牽手回家吧。」

「等等，別那麼著急。」

「司郎的手感覺很冷。」

「不要緊，我的血液循環意外地挺不錯的。」

「我不喜歡你老是找理由逃避。」

「但是——」

我看著身後說道。

「有觀眾在呢。」

後方有一群由一年級女生組成的團體，正用充滿好奇心的表情看著我們。

她們起鬨的聲音傳了過來。

「橘學姊果然很可愛～」

「還是老樣子很甜蜜呢。」

「會不會再親一次呢？」

在文化祭最佳情侶競賽逆轉奪冠的時候，橘同學在舞台上的那個熱情的吻充滿了衝擊性，以至於就算到了現在，我們只要走在一起就會引起騷動，吸引眾人的目光。

「要是現在牽手的話，很令人害羞吧。」

「事到如今別在意那種事啦。」

「就算妳這麼說——」

「………去便利商店吧。」

知道我不打算牽手之後，橘同學的心情變得更糟了。

為了討橘同學歡心，我在便利商店買了她喜歡的冰淇淋麻糬，並打算在離開店裡時交給她，但橘同學卻一直把手插在口袋裡不肯收下。

接著露出鬧彆扭的表情，微微張開嘴巴。

「不，這比牽手更令人害羞吧……」

我再次回頭一看。

那群一年級女生也去了便利商店，因此仍緊跟在後，用充滿期待的視線看著我們。

「那就算了。」

橘同學轉過頭去。

「老是在意別人的眼光。」

「抱歉。」

「感覺更乾脆一點比較好。」

確實，從橘同學的個性來看，肯定不喜歡這種半吊子的感覺吧。畢竟她本來就是個會直接表達心情，直來直往的女孩子。

是我扭曲了橘同學的性格。

「是我不好呢。」

我稍微反省了一下，接著雖然不到稱作覺悟的程度，但我小小地下定決心用塑膠牙籤插起冰淇淋麻糬，將它湊近橘同學的嘴邊。

「可以嗎？」

「嗯，畢竟總覺得在意他人眼光決定該不該做某件事是不對的。而且，橘同學維持原本的風格對我來說也比較好。」

「那麼——」

橘同學這麼說著，臉頰有些泛紅地張開了嬌小的嘴巴。

「啊～」

「來，啊～」

我說完之後將冰淇淋麻糬送進了橘同學嘴裡。她也用「啊～」的方式餵我吃了另一顆麻糬。

當然，後方也傳來了「呀～」這種預料之中的反應。

「真不錯呢。」

橘同學露出了滿意的笑容。

「那麼，也牽個手吧。」

我這麼說著，將手伸進了橘同學的口袋裡。

橘同學雖然露出吃驚的表情，但立刻就握住了我的手。力道比預料中來得更大，可以感覺出來橘同學很開心，不過——

「司郎，多做一點吧。」

「做什麼？」

「我喜歡你。」

下個瞬間，橘同學用沒牽著的那隻手拉住領帶將我的臉拉過去並且吻了我。她那因為冬天空氣變得冰冷的嘴唇緊緊地貼了上來。

橘同學那宛如玻璃珠般的眼神正訴說著：「這種程度很正常吧？」

後方了傳來一年級女生的歡呼聲。

「橘同學，妳服務過頭了。」

「就得做到這樣才行。」

「真是充滿演員風範呢。」

橘同學是個漂亮，無論做什麼都很上相的女孩子，然後——

「司郎，我們跑吧。」

她突然這麼說道。就算問了理由，她也只是說了：「感覺就想這麼做。」

橘同學將手伸出口袋，牽著我的手跑了起來。

我也受到影響開始奔馳，不知為何，後方的一年級女生也跑著跟了上來。

彷彿電影導演喊出了「開麥啦！」一樣，我跟橘同學的青春劇場像是電影膠捲一樣開始轉動。

◇

從隔天開始，橘同學不再顧忌，成了一個直來直往全力進攻的女朋友。她會在校門口等我上下學、在下課時來到我的座位上，還會披著我的運動外套去上體育課，並且不斷聞著外套上的氣味。

「大家都說我像個笨蛋。」

「應該是指笨蛋女友吧？」

「嗯。」

橘同學用爽朗的笑容點了點頭。

「我有這麼迷戀司郎嗎？」

「橘同學現在繫的領帶是誰的？」

「司郎的。」

「現在揹的書包呢？」

「司郎的。」

「妳現在想做什麼？」

「想要接吻。」

放學後，我們去了一家可麗餅店，在路上邊走邊吃。橘同學用手指抹去沾在我嘴角的奶油舔了起來，露出滿足的笑容。

開始奔馳的我們已經沒人能攔得住了。

我們一起拍了大頭貼、使用同款的手機吊飾，用念書的名義前往麥當勞，結果卻一直在聊天。

兩人一起在河堤上騎自行車雙載發出「哇～！」的聲音，青春感不斷升級。

亢奮到腦中想起了類似搖滾樂團的快節奏歌曲。

也會前往遊樂園搭乘摩天輪、去咖啡廳享用因為加了太多奶油變得像是聖代一樣的咖啡，也會去舊書市集進行帶點文藝氣息的約會。

「今天去ＫＴＶ吧。」

「我不擅長唱歌耶。」

「我喜歡司郎唱的歌。」

於是，當我們真的去ＫＴＶ時，擅長音樂的橘同學唱個不停，我則是一直敲著鈴鼓。當我說著「我是負責敲鈴鼓的嗎～」時，橘同學毫無預警地說了句「喜歡你」並朝我抱了上來。

去看流星雨的那天晚上，瞞著母親悄悄溜出大樓的橘同學很明顯地非常興奮，是一個既浪漫又可愛的女朋友。

另外，這個時候的橘同學變得非常受女生歡迎。

雖然她至今因為冷漠的外表給人一種難以親近的印象，但自從文化祭的舞台活動之後，大家發現了橘同學是個會談戀愛的普通女孩，並開始友善地跟她來往。女孩子們還親暱地用「喜歡男友過頭的女友」來捉弄她。

『無法接受。』

橘同學在手機另一邊這麼說著。

這天晚上，我在床上跟橘同學通電話。她喜歡在保持通話的狀態下，聽著彼此的呼吸聲入睡。
『大家都說我是個愛吃醋的女朋友，明明完全沒那回事的說。』
「因為會被橘同學用不開心的眼神盯著，所以很難跟桐島搭話。酒井是這麼說的喔。」
『……』
窸窸窣窣的聲音從手機另一邊傳了過來。我的腦海中想像著橘同學穿著睡衣裹著棉被，一臉鬧彆扭的模樣。
『……是讓人吃醋的司郎不好。』
「是我的錯嗎？」
『今天你也跟女孩子們聊得很開心。』
最近，班上的女孩子經常來找我講話，不過——
「那是在等橘同學的反應啊。」
女孩子會跑來找我講話，來到教室的橘同學則是遠遠地看著這副光景。接著她們會用手指戳我或是進行肢體接觸，於是按捺不住的橘同學會跑過來，露出不安的表情說著：『司郎是我的耶……』而女孩們在見到跟平時截然不同的她之後，非常開心地說著：『好可愛～』然後摸著她的頭安慰說：『別擔心，桐島是橘同學的喔。』一連串發展就像是成套的搭配一樣。
『大家都好壞心眼。』
「妳深受大家喜愛呢。」
即使如此，橘同學似乎仍然無法接受。

『那麼，說話是無所謂，答應我一件事。』

「什麼事？」

『別讓其他女孩子碰你。每當看到司郎和其他女孩子接觸……我的胸口深處就感到一陣難受……感覺快要哭出來了。』

橘同學的語氣前所未有的真切，讓我也覺得胸口一緊。

「我明白了。」

雖然覺得要是我避開女孩子的魔爪，橘同學會被調侃就是了。

『那麼，我要睡了。』

「晚安。」

『不可以掛電話喔。』

橘同學說到這裡，接著說道：『今晚還是掛斷好了。』

『我忘記了，今天輪到早坂同學了呢。』

橘同學的聲音已經不見之前的青春氛圍，完全恢復了以往的冷漠。接著她非常冷靜地開了口：

『早坂同學她在吧？現在就在司郎的身邊。』

◇

說起為什麼我會一邊跟早坂同學躺在同一條被子裡，一邊跟橘同學說話呢。
理由要追溯到當天下午。
這是發生在放學後的事。
「今天換成我了。」
我來到舊校舍的推理研究社教室時，早坂同學正坐在沙發上。
「其實今天本來是輪到橘同學的，但似乎是因為鋼琴比賽快到了，她正忙著練習。」
「所以才跟我調換了。」早坂同學這麼說著。
「突然這樣對不起喔，我們擅自做了決定。」
說到這裡，早坂同學「啊」了一聲，有些困擾地露出笑容。
「是說我不需要道歉吧？」
「嗯，更強勢一點也無所謂。放馬過來。」
「嗯，對喔，說得也是呢。」
早坂同學點了點頭，用有些滑稽的語氣說著。
「桐島同學，我跟橘同學說的話是？」
「絕對的。」

這是我們三個人的約定。

文化祭那天，我和橘同學做的「壞事」被發現了。

但知道一切的早坂同學卻做出了意料之外的反應。

『我們共享吧。』

她提出了由自己和橘同學共享我的提議。

橘同學也答應了她，不過我並不清楚兩人的想法。

無論如何，早坂同學和橘同學針對共享制定了四條規則。

第一，桐島司郎要聽從早坂茜和橘光里說的話。

第二，早坂茜和橘光里必須分享桐島司郎。

第三，早坂茜和橘光里都不可以偷跑。

第四，如果偷跑就會受到懲罰，該懲罰一定要執行。

我沒有拒絕的權利，自從文化祭的最後一天開始，我就會在她們指定的日子擔任她們其中之一的男朋友。

今天本來輪到橘同學，但被替換成了早坂同學。

「那麼，要做什麼呢？」早坂同學這麼問著。

「首先得決定要去哪裡才行。」

因為大家已經正式認定我跟橘同學是一對情侶，所以無論想早坂同學做什麼，都必須避開別人的耳目。最近都是跑到同校學生不會去的遙遠地段約會，但是——

「今天在學校就好。」

早坂同學這麼說著。

「畢竟是桐島同學難得當我男友的日子嘛，花時間在移動上太浪費了。我想盡量跟你在一起久一點。」

「那麼就算地點在這裡，要做什麼？」

「玩遊戲。」

「怎樣的遊戲？」

「牽著手在學校繞一圈。」

不不不不——

「雖然已經放學了，但學校裡還留著許多學生喔？」

「是啊。如果被人看見，我就會變成勾引有女友的男生的壞女生。橘同學最近很受女孩子歡迎，要是被發現的話，我一定會被痛罵一頓的。」

我肯定也會被當成出軌男而遭到更多指責。

「所以才算是玩遊戲啊。」

早坂同學用天真無邪的表情開朗地說著。

「我們要一起努力不讓大家發現，然後心跳加速地在校舍裡走一圈。」

「不，可是……」

「別擔心，要是情況真的不妙，我會立刻鬆手的。」

這樣作為安全措施或許已經足夠了。當我在腦中模擬情境時，早坂同學有些調皮地笑著說：

「欸，桐島同學。我跟橘同學說的話是？」

「絕對的。」

「嘻嘻，我就喜歡桐島同學的這一點。」

◇

我和早坂同學牽著手走在校舍裡，但我根本沒有心思享受她手的觸感。

每當聽見在操場上進行社團活動的學生們的聲音，我都會因為在意他們有沒有往這裡看而提心吊膽的。

「桐島同學，知道規則了嗎？」

「沒問題，快點搞定吧。」

早坂同學制定的規則非常單純。

我們學校有新舊兩棟校舍，連接校舍的走廊分為東西兩邊。我們只會在二樓牽手散步。也就是從舊校舍二樓的推理社教室出發，去觸碰位於校舍角落的教室大門，沿著四角形繞一圈。

「很簡單啦，畢竟舊校舍幾乎沒有人在嘛。」

「取而代之的是難度增加了吧。」

「嘿嘿。」

早坂同學很害羞似的低著頭，在她的提議下，又追加了一項規則。

「就是要在走廊途中接吻。」

「因為，如果不做到這種程度的話——」

正當我們說著這種話的時候。

有個男生從前方的教室裡打開門走了出來。

「怎、怎、怎、怎、怎麼辦啊，桐島同學！」

「沒問題的，他的視力不好，眼鏡度數不對。」

那名男學生雖然看著我們的方向，但沒有特別作出反應，在眼前的走廊轉彎離開了。

「早坂同學，既然這麼緊張，就別玩這種遊戲了吧。」

「可是……」

早坂同學用鬧彆扭的表情說著。

「我也想至少在學校裡當一次女朋友，想跟桐島同學正常地當一對高中情侶嘛。」

既然聽了這種話，就沒有不繼續下去的選項了。

早坂同學可是一直看著我和橘同學被學校大家公認的青春劇場。

「不只二樓，也去一樓吧。」

「可以嗎？」

早坂同學的表情亮了起來。

「嗯，這種程度沒什麼大不了的。」

「嗯！謝謝你，桐島同學！」

我牽著早坂同學的手邁開步伐。

每當可能會被窗外的人看見時，我們會牽著手保持距離並肩行走，表現出一副只是剛好走在一起的樣子。當正前方有人出現時，我們會排成一列，從身後牽手來撐過去。

「好厲害、太厲害了，桐島同學！」

早坂同學開心地抱了上來。

「喂，現在這已經超越牽手的範疇了啊！」

與其說是挽著手臂，她幾乎整個人抱了上來。不僅用胸口緊緊夾住我的手肘，大腿也貼在一起，臉頰近到能透過制服感受到她溫熱的氣息。

「再不稍微離開一點的話，就沒辦法蒙混過去了。」

「快點去走廊吧～」

「妳沒在聽我說話吧。」

我設法拖著她來到走廊，躲進柱子的死角準備完成接吻任務。我抱著早坂同學的肩膀，將嘴唇重疊了幾秒——

「好了，走吧。」

但是——

「不行，還要……」

光是嘴唇輕輕重疊，早坂同學根本不肯分開。

她眼神變得濕潤，臉頰泛紅，完全打開了開關。

為了讓我無法分開，早坂同學踮起腳尖，用手環抱住我的脖子吻了上來。事到如今也沒辦法了。她將自己溫熱潮濕的舌頭伸進我嘴哩，當我將舌頭纏上去時，早坂同學便用力地吸了起來。

因為抱得很緊，我能感受到她的體溫和柔軟的身體。

「這個……好棒……桐島同學，喜歡你……」

結果，早坂同學吻了超過五分鐘才放開了我。

我們嘴唇分開時，唾液拉出了一條絲線。早坂同學吐出的白色氣息充滿濕氣。

「做這種危險的事情樂在其中可不行喔。」

「嘿嘿。」

早坂同學笑瞇瞇地露出滿足的表情。

繞完一樓，最後我們來到了新校舍的二樓直線走廊。

「午休時間的那件事，我也聽見了。」

午休時，女孩子們在教室後面聊著喜歡的男生類型。

當話題轉到早坂同學身上時，她大聲地說了。

「我喜歡桐島同學！」

我嚇了一跳，但大家反倒露出了安心的表情。這是因為桐島司郎是橘光里的男朋友，早坂同學會說自己喜歡那個桐島，看起來就跟偶像藉由無法實現的對象來躲避問題的慣用手法一樣。這正符合大家的期待，早坂同學在班上依舊被貼著清純、清秀的標籤。

「拒絕告白的時候，妳也是用我的名字當擋箭牌吧。」

也就是說，每當她被人約出去告白時，就會出現以下對話：

『對不起，我已經有心上人了。』

『是誰？』

『桐島同學。』

『啊，是橘同學的男朋友……是嗎，總之，我明白妳不打算跟我交往了。』

感覺就像這樣。

「那樣不太好喔。」

「可是，這是事實嘛。」

「而且——」早坂同學表情不開心地說著。

「我也想正大光明地說出自己喜歡的人。」

「早坂同學……」

說著這些話的同時，我們抵達了新校舍的角落。就在我打算觸碰最後一間教室門的時候。

「早坂同學，這樣很不妙啦！」

門裡剛好有人打算走出來。透過毛玻璃能聽見說話聲，傳來了隨時都會開門的氣息。

「這次真的不行了，我要放手嘍。」

要是直接被人撞見，就沒辦法蒙混過去了。

但是——

「不要。」

「等等……早坂同學？」

「我不想放開桐島同學的手。」

早坂同學緊握著我的手，而且站在原地動也不動。

「就說不妙了。」

「我也是桐島同學的女朋友，我也喜歡桐島同學，心意也是認真的啊。」

「不，變成共享關係全都是我的錯，如果是為了妳們，我什麼都願意做。但是該說這樣對早坂同學沒有好處還是該怎麼說——」

當然，我們還來不及爭論，教室門就無情地打開了。

從教室裡走出來的人是——

一位我從未見過的成年女性。

早坂同學見狀驚訝地叫了出來。

「媽……媽媽？」

這麼說來，今天是三方面談的日子。早坂同學，原來妳忘了啊。我雖然這麼想著，但現在不是思考這種事的時候。

「茜，那位男孩子是？」

早坂同學的母親看著我們牽著的手問著。
「媽……媽媽，那個……他是……那個……那個……」
早坂同學慌慌張張地開口回答。
「是男、男、男朋友！他是我的男友桐島同學！我們正在交往！」
事到如今，我也只能接著說了。
「您好，我是早坂同學的男友桐島司郎，請多指教。」

◇

在那之後，一切都發生得非常快。
我和早坂同學的母親碰面，被邀請到她家的大樓，還一起吃了晚餐。不知不覺間聊得很晚，最後我留下來過夜。我借用了早坂同學出差不在家的父親的運動服，躺在她因為就職離開家裡的姊姊房間床上。穿著睡衣的早坂同學溜出自己的房間，鑽進了我躺著的床。接著橘同學打了電話過來，於是我陷入了跟早坂同學躺在同張床上，跟橘同學通話的尷尬情境。
「謝謝你願意過來。」
早坂同學抱著我這麼說。她躺在比枕頭略低的位置，整個人被棉被蓋住，把臉埋在我的胸口。
「我想，媽媽應該很高興我交到了男朋友。」

「不過，這樣好嗎？」

我跟橘同學交往的事人盡皆知。

「令堂或許會從其他家長那裡聽到一些消息。」

「船到橋頭自然直嘛，而且只要說桐島同學已經和橘同學分手就好了。」

早坂同學從棉被裡探出頭來這麼說著。

「橘同學，這樣沒關係吧？」

『可以啊。』

橘同學從手機另一端回答道。

為了公平，她們兩個會像這樣交換許多情報。雖然兩人好像因此決定了許多事，但我被告知的部分很少。

『繼續礙事也不太好，我要掛電話了。』

但是橘同學先是躊躇了一會兒，語帶猶豫地說了。

『……那個，早坂同學。』

「沒問題的。」

早坂同學做出了回答。

「禁止偷跑，我清楚得很。」

『……那麼，晚安。』

手機就此沒了聲音。

下個瞬間，在棉被裡的早坂同學拉開了我運動服的拉鍊，打算把它脫掉。

「等、等、等、等、等一下，早坂同學！」

「幹嘛？」

「妳剛剛不是才跟橘同學說禁止偷跑——」

「那是指不能跟一般情侶一樣做到最後的意思，在那之前想做什麼都可以喔？」

「是這樣嗎？」

她們似乎在我不知道的地方達成了這種協議。

「不過，真虧橘同學會答應呢。就算不能做到最後，她自己卻因為害羞什麼都做不了。」

「我沒辦法去桐島同學的家對吧？」

橘同學先一步來到我家，以女友的身分和我老媽打成了一片。與此相對地，早坂同學就沒辦法來我家了，至少不能以女友的身分來訪。

「所以橘同學才讓步了嗎？」

「嗯。」

「所以說啊——」早坂同學吻著我的胸口說道。

「我們就做到接近最後一步的地方吧？」

「不，妳母親還在對面的房間裡睡覺呢。」

「沒問題的，她只要睡著直到早上都不會醒。」

「而且，在妳姊姊的房間裡做這種事情也不太……」

「不要再說這種話了。」

早坂同學的眼神變得空洞。

「為什麼要說這麼正經的話呢？我們可是走到了共享這一步喔？為什麼唯獨桐島同學還想保持冷靜呢？」

「……抱歉。」

「我不是想讓桐島同學道歉，也沒打算責怪你。」

早坂同學一邊說，一邊開始解開睡衣的鈕釦。

「那個時候，你不肯跟我做呢。不過，那是因為橘同學躲在衣櫃裡的關係對吧？」

「嗯。」

「並不代表我是個沒有魅力的女孩子，也不是因為桐島同學不喜歡我對吧？」

「那當然。」

「既然如此，就請你證明這件事吧。否則，我會真的搞不懂，也無法相信你說的話了。我最近也把裙子弄短了。這麼一來，大家就會更加注視著我。」

「就說那麼做不太好。」

「是啊。被人用色瞇瞇的眼光看待，只讓我覺得很不舒服。可是不這麼做我就不明白嘛，不知道我對桐島同學而言有沒有魅力。」

「我覺得早坂同學很有魅力。」

「那麼，就證明給我看。撫摸我，讓我知道自己不是一個毫無價值的女孩子。」

更何況——早坂同學這麼說著。

「我跟橘同學說的話是？」

「絕對的。」

好吧。我在達成共享關係的時候就已經決定，為了替造成這種扭曲狀況的罪行贖罪，要答應她們的任何要求。

我放空腦袋，伸手觸碰早坂同學的胸部。

「啊。」

早坂同學發出了甜膩的氣息。

我隔著睡衣，感受到那個突起的存在。沒錯，我在早坂同學走進房間時就已經發現了。穿著粉紅色睡衣的她並沒有戴著胸罩。

當我的手指觸碰到那個突起之後，早坂同學原本空洞的眼神變得濕潤，表情開始恍惚。

「桐島同學……」

她立刻像是在撒嬌似的抬起下巴。

我刻意發出口水聲，吻住了她圓潤的嘴唇。或許是聽見這個聲音而感到興奮，早坂同學的體溫逐漸升高，面對她香汗淋漓的身體，我也興奮了起來。

接下來我隔著睡衣布料，撫摸她那無法掌握的豐滿蜜桃。蜜桃的形狀跟著我手掌的動作變化，她的身體也會隨之有所反應。即使隔著布料也能看出明顯的突起，汗水使她的肌膚顯露了出來，被子裡的濕度逐漸增加。

「桐島同學……我喜歡你，桐島同學……」

我們脫去彼此的衣服，僅穿著下半身的內褲抱在一起。

「我喜歡這樣，因為可以感覺到桐島同學的體溫嘛。」

「早坂同學也非常溫暖呢。」

寒冷的冬天夜晚，在床上光著身子擁抱在一起的感覺十分特別，能清楚地感受到自己並不孤單。早坂同學也露出了前所未有的幸福表情。

我一一撫摸著早坂同學滾燙的肌膚、肩膀、背部和腰部，並在觸碰到只穿著一件內褲的地方時興奮了起來。我將腿伸進早坂同學的大腿之間，想要更加緊密地貼在一起。

「桐島同學，這個……」

「那個、該怎麼說呢，抱歉。」

「不，男孩子都會這樣吧？桐島同學是因為覺得我很有魅力，才會變成這樣對吧？」

「是啊。」

「好開心！」

早坂同學緊摟著我，親吻著我的脖子和鎖骨。

「桐島同學想對我做什麼都行喔。只要不做到最後，桐島同學就能隨意擺布我的身體。欸，儘管用吧。如果覺得興奮，我希望桐島同學能釋放出來。欸，釋放出來吧。」

聽早坂同學這麼說，我將她壓在身體下方撫摸著她的胸部。早坂同學發出了呻吟。我的舌頭在她光滑的肌膚之間遊走，早坂同學將腰貼在我的那個部位上，發出了嬌喘聲。

「早坂同學，聲音。」

「嗯。」

早坂同學抓著我的左手，把食指放進自己嘴裡吸吮似的舔了起來，透過這麼做來堵住自己的嘴。當我刺激早坂同學胸前的突起時，她就會一邊扭動身子，一邊更加用力地吸著我的食指。

每當我有所動作，她的身體就會越發變得熾熱、柔軟。

我試著用手指捏住早坂同學沾滿唾液的舌頭。

早坂同學露出十分陶醉的表情，發出不成聲的聲音，任由我上下其手。

接著我用空出來的手觸碰早坂同學的內褲，她的那裡就跟當初一樣，即使隔著內褲也能感覺得到溫熱，濕漉漉的。

「可以喔。如果是桐島同學的話，把我像玩具一樣對待也沒關係。」

我把手伸進早坂同學的內褲裡。她的那裡已經濕透了，手指光是碰到凹陷處就會擅自滑動，順暢地游移著。

緊接著，那裡開始發出淫靡的水聲。

「討厭……羞死人了……我好下流喔……」

早坂同學雖然這麼說，但她依然用力地吸吮著我的手指。一邊發出甜膩的氣息，一邊挺腰將那個地方貼了上來。

早坂同學的腰微微抽動，吸吮手指的力道變強，水聲愈來愈大，抽搐的間隔逐漸縮短——接著早坂同學將臉貼在枕頭上，身體大大地仰了起來。

女孩子願意將一切託付給我，這件事讓我很開心。

由於早坂同學那嘴角滲著唾液，滿臉通紅全身無力的模樣太過誘人，我興奮了起來。將身體擠進早坂同學的雙腿之間，整個人壓在她身上。

她已經徹底做好了準備，主動挺腰用自己的那裡頂著我的下半身。

我們順從本能，隔著內褲互相摩擦著彼此的下體。

「不可以做到最後喔，畢竟跟橘同學約好了嘛。」

「我知道。」

「可是好想做……好想把一切交給桐島同學喔……」

「我也想要早坂同學。」

但是對我們來說，跟橘同學的約定非常重要，所以我們改為接吻。

「來吧，進入我的裡面。」

我將舌頭伸進早坂同學嘴裡。

「再激烈一點、再來、還要……」

補償行為。

早坂同學發出聲音用力地吸著我不斷進出的舌頭。

我們的內褲逐漸濕透，早坂同學在我下方緊抱著我，像是要咬住我的肩膀般將嘴唇貼了上來，

然後——

「桐島同學……這個、好厲害，桐島同學……好厲害喔，桐島同學、桐島同學！」

早坂同學有規律地持續挺起腰部。
接著我會親吻全身無力的她，不斷重複相同動作。
當我們的激情消退時，時間已經來到早上。
「我、我去換內褲。」
早坂同學看起來十分害羞，用瀏海遮住表情這麼說著。
「還有那個，在被媽媽發現之前得洗一下床單才行。」
等早坂同學說完離開房間之後，我伸手拿起枕頭旁的手機。
真是的。
「橘同學，妳沒掛電話嗎？」
『…………』
過了一會兒，橘同學的聲音傳了過來。
『早安，司郎。因為我睡著了，所以不知道發生了什麼事，但看來電話一直是接通的呢。』
雖然我們應該彼此都有很多話想說，但由於整晚沒睡，難以整理思緒。不過，我還是問了一件一直想問的事。
「這樣真的好嗎？」
『什麼意思？』
「共享。」
那個時候，橘同學答應了早坂同學提出的共享提議。不過那是早坂同學的願望，橘同學應該也能拒絕才對。但是——

『我不能讓司郎在那時候做出選擇。』

「為什麼？」

『因為司郎很溫柔，所以一定會選擇早坂同學。』

說到這裡，橘同學又改口說著「不對」。

你一定會選擇早坂同學，要說為什麼——

『因為司郎很弱小。』

第19話 二對一

「咦？你是以新世界為目標嗎？」

濱波惠說道。

她是擔任風紀委員的一年級生，是個身材矮小的女孩子。上個月我們曾以文化祭執行委員的身分共事過。在那場文化祭上，她成功地和青梅竹馬的吉見學弟成為了情侶。

「你剛剛說了共享對吧？」

「說了。我正在被早坂同學和橘同學共享。」

「這是什麼意思啊？我從沒聽過這種事耶！」

沒錯，既不是腳踏兩條船，也不是一夫多妻。而是一個男人被兩個女人共同分享著。

「你們三個是打算朝著哪裡前進啊！請別在這種地方發揮戀愛的開拓者精神啦！」

濱波發出了慘叫。

這是午休時，在風紀委員使用的舊校舍一樓教室發生的事。

濱波對我們的情況一清二楚，而且從結果來看，她還在文化祭的舞台上協助了橘同學的敘述性詭計，因此她很在意事情的後續。於是我將狀況很好，不需要擔心的事情告訴了她。

「不，一點都不好，只讓人覺得擔心！」

「是嗎？」

「就是這樣！」

濱波犀利的吐槽響徹整間教室。

「原以為事情絕對會以桐島同學的破滅落幕，戀愛的執著真可怕……」

「不過話說回來——」濱波一副若有所思的樣子這麼說著。

「既然兩個女孩子像這樣子攜手的話，男生不就很沒有立場了嗎？」

「嗯，所以我必須絕對聽從她們兩個的任何要求。」

「桐島學長覺得這樣就行了嗎？」

「畢竟一切都是我的錯。」

一切的原因，就是我在和橘同學兩情相悅之後，沒能依照最初約好的那樣跟早坂同學解除備胎關係。

「所以我想好好享受。」

「？」

濱波偏了偏頭，不斷撫摸著自己的耳朵。

「桐島學長，可以請你再講一次嗎？」

「我想好好享受這個有兩名女友的狀況。」

「…………」

濱波先是深了個懶腰，接著用今天最大的聲音說道。

「這想法簡直莫名其妙！」

我明白她想這麼說的心情。

「事情就是這麼決定的。」

當我們三人談起這件事時，氣氛就像是在開檢討會。我對自己的行為成為原因的事道歉，橘同學也針對自己因為家庭狀況三心二意而道歉，早坂同學則是一味地說著對不起。

「但是，過去是無法改變的，一直煩惱糾結也無濟於事。」

「難道說……」

「首先是她們兩個態度積極地說了：『既然這樣也沒辦法，機會難得，就好好享受吧！』這樣。」

「好正面！」

「於是我也決定正面看待了。」

「你這個大混蛋！」

雖然濱波仍是一副想說些什麼的表情，但還是說了句：「算了。」並悄悄指了指窗外。剛好早坂同學和橘同學正朝著中庭的方向走了過來。

她們似乎沒有發現我們，就這麼轉身坐在了中庭的長椅上。

「不，偷聽不太好吧？」

「重點不是她們兩個究竟是不是真的有在享受嗎？」

「說得也是。」

我們連忙走到窗戶下方，背對牆壁蹲了下來。
濱波靜靜地打開窗戶，早坂同學和橘同學的聲音隨著冬天的冷空氣一起傳了進來。
「橘同學，妳交志願調查表了嗎？」
「嗯，是藝大的音樂系，早坂同學呢？」
「總之填了國公立學校的理科。」
「是獸醫系？畢竟妳說過喜歡動物嘛。」
兩人語氣溫柔地進行著柔和的女孩對談。
「那麼，要讓司郎跟我們其中之一讀同一所大學嗎？」
「再怎麼說也很難跟橘同學一起吧？桐島同學又不擅長樂器。」
「藝大也有繪圖系喔。」
「桐島同學的畫圖品味也很糟糕耶……」
「說得也是。真想跟他念同一所大學呢。」
「住在都內的話隨時都能見面嘛。」
兩人聊著輕鬆且毫無內容的對話。
濱波一邊對我投以同情的目光，一邊用眼神向我示意。
『看來桐島學長連志願都不能自己選呢。』
『好像是這樣。』
因為她們也會像普通女孩子一樣會不斷轉換話題，所以關於我志願的話題就此結束。接著是在她們聊完低氣壓跟落語，以及吹風機的話題之後的事。

「女孩子們老是問我『你們做過了嗎？』這種事呢。」

橘同學用鬧彆扭的語氣說著。

「這件事有這麼重要嗎？」

「她們只是想看橘同學害羞的樣子罷了，別在意啦。不過——」

早坂同學先是說了「雖然沒必要告訴其他人——」，之後繼續說著。

「我認為這種事情，對情侶來說是非常重要的。」

「為什麼？」

「因為……是確認愛情的行為嘛。」

雖然從我的位置看不到，但眼前浮現了早坂同學想像著具體行為，滿臉通紅地說著的模樣。

「妳想想看，男孩子都會耍帥對吧？同樣地，我們也會試著表現得可愛不是嗎？但是，實際上我們都有很多除此之外的部分。」

「的確是呢。」

「所以啊，在做那種事的時候，男孩子會很興奮，女孩子也會……那個……變、變得很色情對吧？我認為要表現出自己的那一面需要很大的勇氣。」

「嗯，雖然我因為害羞什麼都做不了就是了。」

「不過，要是彼此即使展示出沒那麼漂亮的一面，對方還能夠接受的話，我認為那會是一件非常棒的事。該說就是這樣我才想做嗎……」

這種想法很有早坂同學的風格。周圍的人總是擅自對她抱持著清純清秀的印象，一旦脫離這個形象就會感到幻滅，所以她才希望心上人能夠接受不是乖孩子的自己。

「……昨天晚上，妳跟司郎也是這種感覺嗎？」

「……嗯。」

早坂同學的聲音開始帶著濕氣。

「男孩子啊，不做到最後是無法平息興奮的。」

「我知道，最近學到了。」

「所以啊，桐島同學他一直都保持著興奮喔。」

「妳沒有想過睡覺嗎？」

「有啊。不過，或許是只穿內褲睡覺的關係吧……原本只想抱在一起，感受彼此的體溫睡覺……但由於我立刻抱住了桐島同學的背和肩膀，還吻了他的身體……然後桐島同學就興奮了起來。那個，身體的許多部位碰到了我，於是我也有了興致，接著桐島同學開始欺負我的身體，我覺得很舒服，濕了還發出呻吟，桐島同學因此更加興奮，於是我、那個……去了好幾次。」

每次想睡覺時就會重複，早坂同學這麼說著。

「最後我忍不住聲音，把臉埋進了枕頭裡。然後桐島同學壓住了我，興奮到將整個身體壓了上來。我也很開心、很舒服，唾液和其他東西都流個不停的。在那之後換了三次內褲，但到頭來甚至連床單都得換……因為換完之後很累，才終於睡著了。」

「…………」

「橘同學，妳流鼻血了……」

「……嗯。」

能聽見拿出面紙的沙沙聲。

「對、對不起喔，我好像講了一些無關的事。」

早坂同學這麼說著。

「總之，我想說的是，做這種事雖然很讓人害羞，但我認為是很尊貴的……而且，跟喜歡的人做又很舒服……」

「嗯……我也會加油看看。」

「橘同學、橘同學也不能做到最後喔？」

「我知道，不准偷跑。這是約定，而且也有懲罰。」

「但是司郎忍得住嗎？」橘同學這麼說著。

「男孩子都會想做的吧？」

「要是我們不讓他做，導致他跑去找其他女孩子怎麼辦啊？」

「關於這件事——」

橘同學語氣沉重地說著。

「司郎又去碰其他女孩子了。」

「又來？」

「總覺得還很開心。」

「……這種事，不可原諒。」

「明明已經拜託他別去碰其他女孩子了……」

「桐島同學……你明明已經有我和橘同學了……既然用說的行不通，我們就去打碎他的眼鏡吧。」

「嗯，我們走吧。」

兩人的腳步聲逐漸遠去，看來是離開了。

順帶一提，橘同學說我碰了女孩子，其實只是在走廊上經過時稍微碰到肩膀的程度罷了。當時橘同學站在遠處鼓著臉頰看著我。另外，我絕對一點都不高興。

「桐島學長也很辛苦呢。」

濱波語氣悠閒地說著。

「不過，的確每個人都很開心。」

「沒錯吧？」

「如果對倫理觀走樣這件事睜一隻眼閉一隻眼的話！」

接著她突然激動了起來。

「還有，她們絕對只有現在才會處得這麼融洽！只有表面！表面上的怪物！」

「是嗎？」

「不是有個顯而易見的火種在嗎！那個……像是做不做那件事之類的。」

「那方面有好好制定禁止偷跑的規則。」

「你們從來沒有遵守過規則吧！」

說到這點就很難受。

「而且你現在是每天輪流當她們的男朋友吧？那樣的話，必須選擇其中之一的日子馬上就要到了喔？」

「是指聖誕節吧。」

「你很清楚嘛。」

「我打算三個人一起過。」

「嗚哇……」

「為了測試是否可行，這週末我們會三個人去約會。」

這不是地獄嗎？濱波這麼說道。

「那兩個人只有外表可愛，內在可是跟怪獸一樣喔？要是三個人在一起，肯定會變得很吵，就像是怪獸大戰一樣。」

「別嚇人啊，我可是得赤手空拳參加耶。」

「就請你小心不要被踩扁吧。」

「感覺會我被早坂同學之類的人壓扁。」

「妳說誰是怪獸？」

一道冷冰冰的聲音突然從頭上傳來。

我立刻就明白發生了什麼事。真是的。於是我戰戰兢兢地往上一看，只見橘同學和早坂同學正從窗外探頭看著我們。

「濱波學妹和司郎，待在那裡別動喔。」

橘同學面無表情地說著。

「桐島同學，你是這麼看待我的啊。」

早坂同學露出了平靜的笑容。

接著她們什麼都沒說，默默朝著舊校舍入口的方向走去，看來似乎是打算過來這裡。我還是先跟眼鏡告別會比較好吧。

一旁的濱波正抱著自己的頭。

「那個……怎麼說呢。濱波要跟吉見學弟好好相處喔。」

聽我這麼說，濱波隨即瞪著我說道。

「你、你、你、你還是先擔心自己吧～～～～！」

◇

讓橘同學和早坂同學來共享我。

這是非常冒險的嘗試。

能夠成為戀人的對象只有一個人，除此之外所有沒被選上的人都會失戀。這是世間普遍認識的戀愛規則。但是如果認同共享，就等於增加了那唯一的椅子，失戀的人數也會減少。

雖然橘同學和早坂同學肯定沒有想得這麼複雜，但結論上來說她們還是選了這種做法。不過，這未必能夠成功。

人們都會想獨占喜歡的人，而共享則跟這種衝動背道而馳。

純愛幻想是一種價值觀，只要改變想法就能拋棄。正因如此，我才能夠肯定喜歡備胎的感情。

但是獨占欲和嫉妒比起價值觀，更像是一種本能。

要是心上人和其他人相處融洽，比起思考會更先感到心痛。因此橘同學和早坂同學開始的這場嘗試，堪稱是在挑戰本能。

為了實現共享，就必須控制這種本能性的衝動。

而測試這件事的日子很快就到了。

這是發生在週末午後的事。因為電車稍微延誤，我穿過剪票口，快步走了起來。

抵達車站前的廣場之後，我見到了站在銅像前的橘同學和早坂同學。有個看似大學生的男人正在跟她們說話。

「兩位是來買東西嗎？結束之後要不要一起玩啊？」

「男、男朋友還在等我……」

看來好像是被搭訕了。早坂同學慌慌張張地應對著，跟一旁露出不悅表情的橘同學形成鮮明的對比。

我朝著她們走了過去，早坂同學便立刻「桐島同學，這邊這邊！」這麼喊著。

「太慢了。」

橘同學也發現了我，跑到我身邊抓住我的衣袖。

「被一堆人搭話很累人耶！」

早坂同學穿著暖色系的外套並圍著圍巾，給人一種軟綿綿的印象。橘同學則是身穿白色的毛皮長大衣，看起來就像個大小姐。她們兩個站在一起的確很引人注目呢。

話說回來，女朋友模式的橘同學還是老樣子很黏人呢。她就像隻小狗一樣紅著臉向我撒嬌。

「什麼嘛，原來真的有男朋友啊。」

搭訕的男人乾脆地離開了。不過在走之前他再次轉過頭來，露出一副像在說「是哪一邊的男友啊？」的表情。

「那麼，我們走吧。」

早坂同學說著。

「嗯，走吧。」

這時候橘同學看著自己拉住我袖子的手陷入沉思。接著她放開我的袖子，跟早坂同學互看了一眼，然後——

「這樣比較好吧。」

「嗯，就這麼辦。」

橋同學和早坂同學一起點了點頭，牽起手邁開步伐。

看來這就是她們的結論。

兩人感情融洽地牽著手走在前面，我則跟在她們後方。這種方式的確不會吵架，也不會發生我必須選擇其中之一的危險情況。

雖然我的陪襯感很重，不過這麼一來三人約會也就能成功了吧。

但是——

「桐島同學，為什麼站在那裡？」

「快點坐下吧，司郎。」

「不，妳們是故意的吧。」

這是在我們前往百貨美食街有名的水果甜點店時發生的事。

她們兩個似乎約好今天出門時要在這間水果甜點店吃季節限定的聖代，事先查好了店家。這方面很有女孩子的風格。

光是這樣倒還好，但當我們走進店裡被帶到一張四人桌之後，兩人就立刻面對面坐了下來。換句話說，我必須選擇坐在誰身邊才行。

「在我身邊比較好吧？」

「是我吧？」

一旦我想前往早坂同學身邊，橘同學就會皺起眉頭。而若是想靠近橘同學，早坂同學就會露出僵硬的笑容。

「妳們是在玩弄我吧。」

只要橘同學和早坂同學坐在一起就行了。

實際上看來果然是在開玩笑，當我在橘同學身邊就座時，早坂同學雖然擺出鬧彆扭的表情，但還是笑著說了「沒辦法呢」。

「畢竟桐島同學要是不坐在橘同學身邊，被學校同學看到就沒辦法解釋了嘛。」

在享用聖代的時候，兩人也融洽地聊著天。

「甜食很好吃呢。」

「嗯！我感覺自己還能再吃一份～」

「機會難得，要再來一份嗎？」

「哇啊，吃兩份感覺很不得了，不過感覺還吃得下耶～」

「不，吃兩份很不妙吧，會變胖……啊、好，對不起，完全是我不好。是，我閉嘴。」

約會像這種感覺愉快地進行著。

無論是早坂同學還是橘同學都非常克制自己。但是，情況卻因為意料之外的事情有了轉變。

這是在她們兩個又吃完一份聖代，前往化妝品專櫃時發生的事。

「您的兩位同伴都很可愛耶。」

店員這麼對我說道。

「哪位是您的女朋友呢？」

並問出了難以回答的問題。恐怕店員小姐是覺得我一個大男人在化妝品專櫃會無聊，顧慮到我的感受才來搭話的。而且還充滿服務精神地問了這種問題。

「啊，我來猜看看！這方面我很擅長喔。您的女朋友是——」

看著妹妹時我也這麼想，女孩子是一種非常在意周圍人如何看待自己的生物。

早坂同學和橘同學也不例外。或者該說，由於她們長得漂亮，更容易察覺到其他人的目光。

誰看起來更像是在跟我交往呢？

兩人的眼神瞬間有了變化。

◇

女孩們的競爭心被點燃了。

化妝品專櫃的店員小姐比較了我跟她們兩個之後，說了句「看來您是負責拿東西的呢！」結束了這個話題。

但在陪著她們買東西時，總是無法避免地會被現場店員這麼問。

「哪位是您的女朋友呢？」

與此相對地，早坂同學和橘同學都會反問：「你覺得他是誰的男友？」

由於店員們都很會察言觀色，感覺到某種壓力的他們都會回答：「嗯～看不太出來耶……因為兩位都很適合……」之類的話。

不過，其中也存在敢於挑戰的店員。

這件事發生在早坂同學想買條新圍巾，前往精品店購物時。
那裡的店員沒有逃避，而是直接做出猜測。
「我知道了，是這位！」
被選上的是早坂同學。
「為什麼會覺得他是我的男友呢？」
「因為覺得兩位站在一起很登對。」
「嘻嘻～就是說啊～」
早坂同學明顯變得笑咪咪的。並且一邊和店員交談，一邊還拿了各式各樣的衣服起來看，而不只有圍巾。
「欸，我的男友桐島同學，你覺得這件怎麼樣？」
「很適合妳喔。」
「那麼，就試穿一下那件跟這件，還有這件吧～必須為了我的男友桐島同學變得更可愛才行，畢竟我是他的女朋友嘛！」
當早坂同學這麼說完走進試衣間的瞬間。
「什麼意思嘛。」
橘同學氣噗噗地小聲說著。
「在吃聖代的時候，你們也用腳互相戳來戳去。」
「妳發現了嗎？」

「那當然啊。」

在水果甜點店時，坐在對面的早坂同學邊跟橘同學說話，邊用腳尖戳著或是夾住我的腿。

「不要跟我以外的女孩子做那種事啦……」

橘同學不滿地噘著嘴。但這麼做似乎仍無法壓抑住內心的不悅，她輕輕地打了我一拳，接著挽住我的手臂。

「其實我今天一直想這麼做。」

甚至還說出了：「好想兩個人獨處。」這種真心話。

「畢竟司郎是我的男朋友啊，這點千萬別忘記喔。」

接著她踮起腳尖將嘴唇貼了上來。這是個不到一秒的短暫接吻。

但還是被店員看得一清二楚，並露出了驚愕的表情。會這樣也是當然的。畢竟趁著女朋友走進試衣間，在店裡和其他女孩子接吻的男人實在很差勁。

「桐島同學，這件怎麼樣——」

早坂同學從試衣間裡走了出來。雖然橘同學立刻放開了我，但她似乎還是發現了只有同為女孩子才能察覺的異狀。

「……哼嗯，是這樣啊。」

我看出早坂同學打開了開關。

於是誰是更相襯的情侶競賽進入了第二輪。

當橘同學在找鋼琴比賽要用的連身裙時。

「是這位吧。」

那裡的店員認為我是橘同學的男友。

「妳為什麼會覺得他是我的男友呢？」

「因為男友先生露出一副對您這朵高嶺之花非常迷戀的表情。」

「說得沒錯，我的男友司郎對我非常迷戀，可以說是徹底淪陷了。」

橘同學雖然表情很冷靜，但依然抱著堆積如山的連身裙，哼著歌走進了試衣間。

「你為什麼……為什麼要說自己是橘同學的男朋友呢？」

這次輪到早坂同學了。

「桐島同學是我的男朋友吧？是只屬於我一個人的男朋友對吧？」

雖然前提條件就不對了。

但既然早坂同學這麼說，那就一定沒錯。總之我先說了句「對不起」向她道歉。

「而且在吃聖代的時候，你們也在桌子底下牽著手對吧？」

在水果甜點店時，橘同學邊和早坂同學聊天，邊在桌子底下跟我用情侶的方式牽著手。

「妳發現了嗎……」

「超明顯的喔！畢竟橘同學很好懂，而且……還非常色情……」

「就是那樣。」

本來橘同學總是面無表情，不會讓周圍的人看出自己的想法。但唯一的弱點在於她是個戀愛新手，會因為害羞而無法做出「一般男女朋友間會做的事」。

橘同學似乎打算克服這個問題，她在桌子底下牽著我的手，並在猶豫一陣子之後將我的手放到自己的大腿上。

當我的手碰到她的大腿內側時，她的臉頰變得紅通通的。

「就算再怎麼想吸引桐島同學的注意，用身體也是犯規的！」

「咦？啊、嗯。」

「一但遇到難題就用色誘，這樣有失女孩子的顏面！是絕對不行的！」

「說、說得也是。」

「欸，桐島同學，來接吻吧。」

「這是從哪個角度得到的想法啊？」

「畢竟我今天一直在忍耐嘛，完全沒機會兩人獨處。」

「因為今天的主旨就是三個人一起出遊啊！」

另外，就算客人很少，這裡還是店裡。但是——

「你跟橘同學……親了對吧？」

早坂同學雙眼注視著我。

「既然我是你的女朋友，那就必須蓋掉痕跡才行吧？」

「……是的，必須蓋掉才行。拜託短一點。」

她將嘴唇抵了上來，還好好地伸出了舌頭。店員小姐來回看著我們和試衣間，表情像是看到什麼恐怖事物似的十分害怕。會這樣也是當然的。

「司郎，這件怎麼——」

橘同學從試衣間裡走了出來。雖然早坂同學立刻放開了我，但由於她的臉頰明顯地變紅，橘同學立刻就發現她做了什麼。

「——請別對司郎動手動腳的。」

橘同學直接地說了出來。感覺她十分火大，語氣非常好戰。

「他是我的男朋友。」

「才、才不是呢！」

早坂同學也紅著臉應戰。

「桐島同學是我的男朋友，是只屬於我的男朋友！」

喂，表面上的融洽關係跑哪去了。

接下來就如濱波所預言的，是一場怪獸大戰爭。她們會把我夾在中間互相威嚇，趁對方不注意牽我的手，要是沒有其他人甚至打算接吻。

早坂同學和橘同學和樂融融，我就是個附帶品——像這樣的二對一平衡已然崩塌。目前我的右手被早坂同學拉住，橘同學則在左邊拉著我的手，形成了類似漫畫般的構圖。而且，兩人還會起爭執。

「司郎一點都不時尚，我來幫你穿搭吧。」

事情發生在橘同學這麼說著，把我帶到男用精品店的時候。

話題圍繞著幫我打扮，休閒派的早坂同學和時髦派的橘同學發生了激烈的意見衝突。

「時髦的衣服肯定不行的啦，他可是桐島同學耶?穿那種衣服鐵定很不搭的！」

「穿得太休閒只會看起來只會像個星期天的老爸而已。畢竟他可是司郎喔?如果不打扮得帥一點，就沒有特色了。」

「早坂同學才是吧！」

「真是的～橘同學真固執！」

「我想穿比較方便活動的衣服……」

「「你有說什麼嗎？」」

兩人的聲音重疊了。我曾在影片中見這種眼神，是狩獵時的母獅子。

「……不，沒什麼。」

原以為這場怪獸大戰爭今天會這樣一直持續下去。

但是很意外地，這場爭執很快就結束了。

「比起這個，橘同學、時間！」

早坂同學看著手錶這麼說著，聽見這句話，橘同學也回過了神。

她們看著彼此點點頭，一同走出店外。

「桐島同學也快來吧～」

早坂同學招了招手，我像隻小狗一樣跟了過去。

她們帶著我前往的，是位於大型商業大樓最上層的天文館。看了宣傳海報之後，我才知道她們為何會挑上這間天文館了。

「是我喜歡的歌手……」

這是個一邊觀看天體影像一邊聽音樂的企畫，合作的毫無疑問是我最喜歡的音樂人。他的混音方式非常具有詩意，歌詞中包含了許多關於「夜晚」的詞彙，跟天文館十分相襯。

「嘻嘻，因為桐島同學你一直在聽嘛。」

見到我的反應，早坂同學滿足地說著。

橘同學害羞地偏過頭，小聲地說道。

「你喜歡的話我也很高興……」

兩人似乎事先調查了我會喜歡的地方。看來今天的約會地點之所以選在都心的大型車站附近並非是方便她們購物，而全都是為了來這間天文館。

於是我開始思考。

她們都很溫柔。

共享就是她們溫柔的表現。早坂同學會尊重橘同學的心情，橘同學也會尊重早坂同學的想法。而且她們也會好好考慮我的感受，像這樣替我準備天文館的驚喜。

雖然結果還是立刻展開了怪獸大戰爭，約會的九成時間也都是兩人在購物。但儘管如此，她們也在努力維持三人的良好關係。

「謝謝妳們。」

聽我這麼說完，早坂同學很開心似的笑了，橘同學則是臉頰泛紅。

我一直都對關係變成這樣的事抱持著責任感。

但是，她們對此都抱持著樂觀的態度，多方考慮之後找出了自己心情的妥協點。所以我也不該拘泥於責任感，而是要更加積極地面對這種共享的關係。我是這麼想的。

◇

「抱歉。」

「對不起。」

離開天文館之後，早坂同學和橘同學向我道歉。

這是因為我完全沒辦法專心觀看天文館的節目。

座位是以我在中間，右邊是早坂同學，左邊是橘同學的方式並排坐在一起。但在燈光變暗的瞬間，首先是早坂同學一如往常地貼到我身上。或許是三人在一起已經讓她忍到了極限，她完全進入了那種模式。

努力想從戀愛新手畢業的橘同學也從左邊發起攻勢。當然，由於兩人都發現了對方的舉動，動作也變得愈來愈激烈。

要在兩隻耳朵都被伸進舌頭的狀態下聽音樂實在很困難。

「要、要再去一次嗎？」

早坂同學充滿歉意地說著。

「別擔心，我有好好享受。」

而且就算再去一次，絕對也只會發生一樣的事。

「那麼，我就先離開了，要是不走的話——」

「咦？」

橘同學的表情突然變得不安。

「約會……很無聊嗎？是、是我的錯？對、對不起——」

「不是不是。」我揮揮手這麼說著。

「我說過自己六點之後有事了吧？」

「這麼說來，司郎也傳過這種訊息呢。」橘同學恢復了冷靜。

「我還以為那種事只要我稍微抱怨一下就能搞定。」

「喂。」

任性大小姐模式全開呢。

「總覺得最近常有種情況呢。桐島同學說有事要做，而且沒把我和橘同學算進去。」

早坂同學疑惑地看著我。

「告訴我是什麼事吧？」並理所當然地這麼追問了下去。

但我也一言不發，努力地撐了過去。最終，她們兩人決定再玩一會兒，於是我便獨自離開。

離開的時候，橘同學跑到我身邊，將她的額頭貼我的胸口上。

「別讓我太擔心。」

她小聲地這麼說著。

「我本來就很容易吃醋，很在意這種事了。」

「抱歉。」

「沒關係……不過你說有事，應該不是為了其他女孩子吧？」

「嗯，相信我吧。」

「……嗯，我相信你。」

當橘同學露出可愛的表情仰頭看著我，接著閉上眼睛。完全等著接吻的時候——早坂同學說了句「真是的～！」並拉住橘同學的衣領將她拖走。

「這裡可是公共場合喔？」

雖然很想說她哪有立場講這種話，但由於人的眼睛長在前面，所以往往看不見自己的行為吧。

「我、我的男朋友……」

就算被人拖著，橘同學依然朝我伸出了手。

「他、他是我的男朋友啦～！」

早坂同學紅著臉說道。

感覺一場龍爭虎鬥即將展開，而且也快沒時間了，於是我匆匆地離開現場。走出商業大樓後，天色已經暗了下來，聖誕節風格的燈飾隨處可見。

路上雖然很亮，但吹來的風很冷。

我縮起脖子將手插進口袋，等著紅綠燈。

話說回來，比起早坂同學，最近橘同學的情緒更不穩定。我回想起在離開時，她用像是被雨淋濕小狗般的表情說出的「應該不是為了其他女孩子吧」這句話。
橘同學本來就是個只能當第一順位的女孩子，完全不適合備胎或是共享關係。
不過她會變得不穩定的理由，應該不只是我跟早坂同學。
正當我想著這種事情的時候。
「咚～！」
有個女人刻意地撞了過來。
她穿著一件尺寸超大的厚連帽衫，脖子上圍著一條長圍巾，短髮的內側染成了粉紅色。
「今晚也請多指教啊。」
並且很開心似的笑著說。
「話說回來桐島，你剛剛跟可愛的女孩子在一起吧？」
「妳看到了啊。」
「我也在買東西啊～然後，胸部很大的那個是桐島的女朋友對吧？」
「為什麼會這麼想？」
「因為那個像大小姐的不是已經有男朋友了嗎？」
據說她是昨晚偶然看到的，因為是個美女所以很有印象。
「我看到她跟男人走在一起，是個踢足球的超級帥哥。他們感情十分融洽地牽著手喔。」

第20話　麥茶

文化祭結束後，我立刻就開始打工了。

地點是三人一起約會的都心電車總站附近的音樂酒吧。是個可以一邊聆聽鋼琴和薩克斯風的演奏，一邊喝酒的地方。

雖然校規禁止打工，但音樂酒吧應該不會遇到高中生，這裡又是一間高消費的店，所以老師大概也不會來。

今天放學後，我也坐著電車前去打工。

沿著馬路走進小巷子裡，接著走下樓梯。這裡是個不像在地下室的寬敞空間，店裡設有舞台、擺放著許多張桌子以及一個吧檯。由於尚未營業，店裡沒有客人。

我在儲物櫃旁換上襯衫和西裝褲。這些衣物每天都會被送去乾洗。這是店長玲女士的方針，就連小細節都不能放過。

我繫上圍裙前往廚房，洗過手之後用削皮器削起裝在桶子裡的大量馬鈴薯。經由廚師的手，我削過皮的馬鈴薯變成了一道名叫風琴馬鈴薯的美味料理。

「我來幫忙。」

當削到半桶左右時，一名頭髮內側染成粉紅色的女人走過來這麼說著。

「不用顧吧檯嗎？」

「畢竟在客人上門之前又沒事做。」

女人這麼說著蹲下身子，跟我一起削著馬鈴薯的皮。

她的名字叫做國見鳴。

年紀二十歲，是個一邊在都內讀大學，一邊在店裡當實習酒保的大學生。

她有著像貓一樣的臉龐，胸部比橘同學大，但不到早坂同學的程度。

雖然便服打扮和談話方式給人一種隨和的印象，但當她穿著制服站在吧檯裡面時又非常高雅。

她的姿勢優美，白色的襯衫和黑色的背心跟她十分相襯。粉紅色的頭髮和銀色的耳環形成對比，在昏暗的大廳中十分顯眼，品味相當有都市風格。

「今天來上班之前，我在電車上看了書。」

國見小姐削著馬鈴薯的皮這麼說著。

「是什麼書呢？」

「一個叫赫曼．赫塞的人寫的書。不是說讀了看起來比較聰明嗎？」

「結果怎麼樣？」

「有種變成知識分子的感覺，我這樣像不像ＰＴＡ會長啊？」（註：ＰＴＡ指家長教師協會。）

「聽妳這麼說，好像有點這種感覺。」

「沒錯吧？有種能夠拿到諾貝爾獎的感覺耶～」

順帶一提，她好像只看前幾頁就放棄了。看來是只用手機調查了赫塞的事，就覺得自己等同把整本書都讀過了。

國見自稱是個大學生，但大學的名稱和系別都不肯告訴我。

她經常在吧檯裡以練習的名義倒啤酒給自己喝。直爽的性格加上一頭短髮，給人一種男孩子氣的印象。

「那個叫赫塞的人好像說過想當詩人，或是想死之類的話。桐島你怎麼看？」

「他還真是個藝術家。」

「真認真耶。如果我是赫塞，大概會在三秒後說『果然還是當個石油大亨吧』。」

「真是嶄新的解釋。」

「畢竟是知識分子嘛。」

國見小姐從背心後面掏出插在褲子上的筆記本，設立了赫塞的新解釋這個項目，並在上面寫著「其實他想當石油大亨」。

「國見小姐，妳什麼事情都會寫在筆記本上耶。」

她會寫像是啤酒品牌或料理種類等對打工有幫助的內容，也會寫下這種無關緊要的東西。

「這些都是創意的靈感啊～」

她把筆記本收進背後之後，得意地晃著削皮器說。馬鈴薯皮被甩到了我臉上。

不久之後，酒吧開始營業，國見小姐返回了吧檯。我雖然在廚房裡洗碗，但由於外場人手不足，便叫我去幫忙點菜。

我穿著背心，單手拿著點菜單穿梭於各張桌子。當我前往吧檯拿飲料時，國見小姐正在倒啤酒。乍看之下很簡單，但其實那是一種需要控制泡沫量等技術的工作。國見小姐似乎做得很好，雖然是實習生，但店家還是把這項工作交給她來負責。

「今天的薩克斯風怎麼樣？」

國見小姐一邊認真地盯著傾斜的杯子，一邊拉著啤酒機把手這麼詢問。

「我一點都不懂爵士樂。」

「我也是。這家店太時尚了，真是好笑。」

國見一杯接一杯地將倒好的啤酒杯放到我手裡的托盤上。

「好了桐島，去吧！」

倒在亮晶晶玻璃杯中的琥珀色液體，在間接照明的照耀下散發著獨特的光芒，看起來就像是某種藝術品。

我從吧檯端酒、從廚房端出料理、回收喝完的酒杯加以清洗、用質地纖細的抹布擦桌子。由於太過忙碌，根本沒時間聆聽薩克斯風和鋼琴的音樂。

度過和學校不同的時間，與念書時不同的充實感。

在這個客人和服務生全都是成年人的空間，有種自己也變成大人的感覺。

不過，我開始打工的目的不在這裡。

在即將打烊，幾乎沒有客人的時候，有個女人靜靜地坐在最後一張桌子上。我把國見小姐倒給我的豪格登啤酒端了過去。

「這不是挺有模有樣的嗎，古典少年。」

「我不聽古典音樂。」

「為了送聖誕禮物給心上人而開始打工，這件事本身正如同一首古典樂吧。」

她是這裡的店長玲女士，身穿輕薄的針織毛衣和錐形長褲，在她微卷的長髮之間可以看到金色的耳環。她的確有股成熟女性的氛圍，但我不清楚她的年齡。

「我打算幫你加點時薪。」

「咦？」

「去幫心上人買個好一點的禮物吧。」

「不過，真的可以嗎？我才剛剛開始工作耶？」

「你覺得我為什麼會坐在這裡？」

包含這裡在內，玲女士每天都會前往東京都內的三家店以客人身分光臨，坐在最後面的桌位，聽著音樂喝點酒。

「聽說您是在觀察店裡需要什麼，或是缺少什麼。」

「正是如此。」

「我能靠直覺判斷這方面的事。」玲女士這麼說著。

「如果想讓店變好，訣竅就是把細節做到極致，而且要願意為此投入經費。」

這家店的廚師和調酒師的薪水比其他地方來得高。

「這方面在你削馬鈴薯皮和擦玻璃杯也是一樣的。」

於是，我的時薪增加了。

這種得到被大人些許認可的感覺讓我很開心。雖然是為了幫早坂同學和橘同學買聖誕禮物才開始打工的，但我已經開始喜歡上這家店了。

全新的人際關係跟生活圈非常新鮮，氣氛融洽，或許正是我所追求的也說不定。

但是——

「再怎麼說這樣也不太妙吧。」

「咦？為什麼？難不成你那個胸部很大的女朋友會吃醋嗎？」

國見小姐一副理所當然地挽著我的手臂說道。

在前往車站的回家路上，她說著「好冷、好冷」就貼了上來。

「不過，沒想到桐島真的有女朋友啊。」

「原來妳不相信嗎？」

「本來以為你只是在打腫臉充胖子。」

國見小姐笑著說。

「如果你單身的話，就能讓你摸我胸部了呢，真是遺憾。」

聽她這麼說，我忍不住朝國見小姐的胸口看了過去。現在她穿著那件厚實的連帽衫所以看不出來，不過打工的時候，身穿白襯衫的她胸口總是敞開的。

國見小姐看穿了我正在想像的事，露出似乎有點開心的笑容。

「你臉紅了喔？」

「請別捉弄我了。」

「去摸自己的女友啦，你很期待聖誕節吧？」
「不，也不是這樣……」
「咦？你還沒做過嗎？真純情耶～」
國見小姐挽著我的手臂走在路上。畢竟她是個比我年長的大學生大姊姊，大概本來就是這種類型的人吧。
『這家店裡全都是成年人讓人好寂寞喔。我們來當朋友吧，當朋友。』
從第一次被搭話開始，她就一直非常友善。
不過她是在確認我會認真工作後才找上我的，所以可能意外地精明。是會認真選擇來往對象的人。
「一起去遊樂場玩吧。」
「我明天還要上學。」
「週末如何？」
「可以啊。」
跟國見小姐講話很簡單。直來直往，其中不包內容之外的意思和感情。
所以我也能率直地跟她聊天。
「是不是該改變髮色了啊。」
「我覺得現在的樣子還不錯。」
「真的嗎？那就暫時維持原狀吧。」

我們一邊這麼聊著天，一邊在人潮洶湧的十字路口等紅綠燈。

就在這個時候——

我注意到了前方的兩個女孩，兩人的背影都很可愛，其中一人穿著米黃色的海軍大衣，另一個則穿著深藍色的羊毛大衣。

這麼說來，橘同學和早坂同學好像興奮地說過想再去挑戰一次上次吃過的聖代呢——

我立刻反應過來，打算離開這個地方。但是——

「咦？桐島同學？」

聽見我的聲音，早坂同學立刻回過頭來。

她目不轉睛地看著我和國見小姐挽著的手臂。雖然我腦中閃過了各種藉口，但國見小姐沒發現到早坂同學在這裡，繼續說了下去：

「話說回來，桐島的女朋友還真有趣耶。」

她話題挑得還真是時候。

「明明不讓你做，但吃醋倒是一等一呢。」

這是絕對會讓早坂同學發火的話題。

「嗯，這一點很可愛呢～」

雖然我立刻接著稱讚她，但已經來不及了。

早坂同學露出火冒三丈的表情盯著我看。

「不讓你做？我？你是這麼說的嗎？」

「桐島同學真是幽默呢。」早坂同學擺出佛陀般的平靜表情說著。

「好啊，那麼現在就來做吧，這次可別逃避了。」

◇

「為什麼我！要被趕出學生會室啊！」

擔任學生會長的牧這麼說著。

現在是在午休時的屋頂上。

早坂同學和橘同學似乎趁牧在學生會室辦公時，跑去對他說了「房間借我們用一下」。

「為什麼會選在學生會室？」

「大概是要說些不想讓其他學生聽到，也不想讓桐島聽到的話題吧。」

牧把鑰匙交給兩人後走出房間，然後隔著門縫偷聽。

「這樣違反禮儀了吧。」

「這是她們隨便對待我的關係。會把我當成桐島跟班的，只有這些傢伙喔。」

「你是司郎的朋友……叫什麼名字來著。」橘同學甚至還在走廊上用這種說法叫住了牧。

「然後她們對桐島很火大喔。」

她們好像正在開會討論如何處置我。

「你到底做了什麼？」

「她們看見我和別的女人挽著手臂走在一起。」

「真有種耶！」

「對方是打工地點的學姊。是個大學生，事情不是你想的那樣。」

那個時候，早坂同學對國見小姐那句『不給做的女朋友』發了火，橘同學也對我觸碰兩人以外的女人這件事生悶氣。

『現在是有規定才不能做喔？不過，在那之前我有拒絕過桐島同學嗎？沒有印象是因為我是笨蛋嗎？欸，回答我嘛。』

『明明說過我們講的話是絕對的，可是司郎卻聽不進去……』

在我反覆不斷地說明國見小姐只是打工場所的學姊，自己開始打工是為了幫早坂同學和橘同學買聖誕禮物，場面才總算平靜下來。但她們的怒氣似乎並未因此平息。

據說把牧趕出學生會室後，她們立刻展開了討論。

「她們說錯都在花心的桐島身上。」

「我完全沒花心就是了。」

「還氣勢洶洶地說著不會再讓人說自己是『不給做的女朋友』這種話喔。」

「真可怕，而且我們三個正好要一起出門呢。」

究竟是否能三個人一起愉快地度過呢？

今天就是最後的測試。上次結果演變成了怪獸大戰爭，要是這次也失敗，聖誕節就只能和她們其中一個人過了。

「桐島，你不想做選擇吧？」

「是啊。」

「話說回來，把聖誕夜和聖誕節當天分開不就行了嗎？」

「兩人都說想從聖誕夜到聖誕節當天一直跟我在一起。」

「她們根本不打算遵守禁止偷跑的規則吧？」

所以她們才會堅持要三個人一起。

「嗯，從她們的角度來看，大概也不想讓桐島做選擇吧。事實上，我也能看出你會以誰為優先。」

「畢竟共享關係本身就是透過這種想法才能成立。」牧這麼說著。

「橘同學和早坂同學都認為，如果讓桐島做出選擇自己就會被拋棄。所以她們才無法放棄共享，而桐島也無法做出選擇。因為你知道沒有被選上的人會受到很大的傷害。」

「我也覺得自己是個沒出息的男人。」

「不過冷靜想想就是這樣吧，尤其是這次她們也不希望你做出選擇。」

「不過能逃避到什麼時候呢？」牧說著。

「有件事你們三個人一直在逃避吧？」

「……是啊。」

「早坂就不用說了，橘也沒那麼精明。」

「我知道。」

我們對很多事情都視而不見，維持著這種共享關係。

我也不知道自己能逃避到什麼時候，也不知道維持這種關係到底好不好。我認為大概誰也不知道吧。但是，已經停不下來了。

「我說桐島，無論你做了什麼我都不會瞧不起你，早坂同學和橘同學要把我當成跟班也沒關係。不過要是讓我能說句話——」

牧靠在欄杆上，仰望著冬天晴朗的天空說道。

「直到現在，我還是很中意自己跟你還有柳學長三個人在一起的國中時光。」

牧拋下這句話就離開了屋頂。

我看著他的背影說著。

「我知道。」

◇

放學後，我和橘同學並肩坐在電車上。

我們正一同前往足球場，那裡即將舉辦日本代表的友誼賽。因為不是正式比賽，所以很容易就能在便利商店買到票。早坂同學之後才會和我們會合。

這是三個人是否能愉快相處的最終測試。

「不過橘同學，妳究竟在做什麼？」

「在刪東西。」

橘同學正在操作我的手機。她跟我借，我就借給了她。

「可是，我手機裡並沒有女生的聯絡方式啊。」

除了早坂同學之外，就只剩妹妹一個了。但橘同學說著「不是這樣的」。

「我是個心胸寬廣的女朋友，不會去檢查你的通訊錄。」

「那麼是在做什麼呢？」

「司郎只聽女歌手的歌。」

「因為女歌手的高音好聽，與電子音也很搭。」

「司郎每次提起別的女孩子，我的胸口深處就會隱隱作痛。」

仔細一看，原來是橘同學打開了我手機裡的音樂訂閱應用程式，正不斷刪除歌單上女歌手的專輯和歌曲。

「之後要追加女性歌手時要經過允許。」

「花心判定太嚴格了吧？」

「絕對禁止看偶像。」

「是懷疑我愛上偶像了嗎？」

「還是檢查一下通訊錄吧。」

「心胸寬廣的女朋友到哪去了？」

橘同學大致看了一遍之後，將手機還給了我。

「你沒有那個女大學生的聯絡方式呢。」

「畢竟只是打工的同事而已。」

「我要不要也染頭髮呢。」

「不用啦，我喜歡現在的橘同學。」

「我知道。」

「妳是刻意這麼問的吧？」

「是啊。」

橘同學接著握住我的手，然後一言不發地輕踩著我的運動鞋。一副像是想說什麼，又說不出口的感覺。

我也有事想問但開不了口，時間就這麼靜靜流逝。

最終電車抵達了有複數路線經過的車站，此時早坂同學上車了。我們事先就討論好了要會合的車廂。

「既然都離學校這麼遠了，沒關係吧？」

早坂同學這麼說著坐在我身邊，我被兩人夾在中間。

「我檢查了司郎的手機。」

「謝謝！」

她們互相豎起大拇指。感情融洽是件好事，但是很快的——

「橘同學，手、手！」

早坂同學看著我和橘同學牽著的手說道。

「妳，妳忘記公平的原則了！」

「……早坂同學也跟司郎牽手就行了，他的右手還空著。」

「關於這件事我有異議。」

這裡是電車上，無論如何都不能營造出男高中生左右手各牽著一個女高中生的詭異畫面。當我這麼說明之後，一旁的早坂同學也「嗯！就是說啊！」強烈地表示贊同。

然而，表情泰然的橘同學接下來採取的行動是——

「呼。」

假裝睡著。

「喂，太明顯了吧。」

我想放開她的手，但她卻握得更緊了，頭也倚靠在我肩上一動不動。

「真是的！這樣的話我也要！」

「快住手，早坂同學！」

早坂同學當然不會理我，於是我便跟兩個女孩都牽了手。我不排斥回應她們的要求，但讓其他乘客感到困惑並非我的本意。

「下班回家的上班族們都因為無法理解而感到害怕了喔。」

橘同學微微睜開眼睛環顧四周，大概是想試著解釋這個狀況吧。

「………哥哥。」

「哥哥？」

因為是家人，所以牽手也很正常的意思嗎？

「司郎哥哥，我喜歡你。」

「這也太勉強了吧～」

但橘同學卻繼續把身體貼了上來開始撒嬌。早坂同學見狀，露出一副能接受的表情說著「橘同學是用這種設定啊」。喂，快住手，但是——

「桐、桐島哥哥！喜、喜翻！」

「……哪有妹妹用姓氏來稱呼哥哥的。」

另外，早坂同學心中的妹妹形象是怎麼回事啊？

結果，我被兩個扮得完全不像的妹妹緊貼在身上，繼續搭乘著電車。

我以為她們今天會一直保持著這種亢奮的情緒。

但事實並非如此。

在黃昏之中，我們順著人流走在從車站通往體育場的路上。

「橘同學在學校裡也能打情罵俏，所以沒關係吧！」

「早坂同學才是呢……都、都做了那麼多下流的事，要忍耐的人是妳才對！」

「別、別把我說成那樣的女孩子啦！」

「難道不是嗎？」

兩人一如既往吵起架來，不過因為她們的氣氛感覺十分享受，所以倒是還好，但早坂同學卻激動到說了出來。

「我只有桐島同學一個了！橘同學妳倒好，現在還跟柳——」

那是我們一直刻意迴避的名字。

時間像是停止了數秒般。

「對、對不起，那個——」

早坂同學慌忙閉上了嘴，然後故意用開朗的語氣再次說道：「桐島同學是我的喔～！」

但是，已經太遲了。橘同學表情中的熱情已經消退。

「橘同學，我沒有那個意思——」

「沒關係，畢竟那是事實。」

我們周圍的真實感突然恢復了。

冬天的寒意，走向體育場的人潮，白色的路燈。

我們的共享關係大概並沒有那麼愉快，只是無可救藥的感情產生的妥協產物。所以，就像積雪會讓一切看起來都很美麗一樣，我們必須用愉快的互動來掩飾一切。像是青春和女朋友，或是滑稽的吵架。

對自己真正的感情和不方便說明的事情視而不見——

「真期待比賽啊。」

我姑且試著這麼說，試圖當作一切都沒有發生過。但是，橘同學好像沒了那個興致。她說著：

「司郎，抱歉。」並放開了手。

「我跟瞬還有聯絡。」

她露出一副無處宣洩情感不知該如何是好的表情。

「他說希望還能繼續當朋友，我沒辦法拒絕，因為我對瞬做出了過分的事。」

柳學長被迫見到了自己喜歡的未婚妻和信任的學弟在舞台上接吻的場面。儘管如此，他似乎還是對橘同學說：「我不會把這件事告訴父母，希望能暫時維持現狀。」

學長有生氣與蔑視我們的權利，但是喜歡橘同學的感情占了上風，只為了保有一絲被橘同學喜歡上自己的可能性，他低下了頭拜託我們。光是想像學長當時的矛盾，就讓我覺得很難受。

「所以我們還有繼續見面。雖然我很清楚瞬喜歡我……但果然還是覺得很對不起他……那個，抱歉。」

「橘同學不必道歉，畢竟我也一樣對學長做了過分的事。」

我們已經無法重振精神了。

回到了文化祭過後自暴自棄的狀態，哪裡也去不了。

「橘同學，對不起。都是因為我說了奇怪的話……」

「早坂同學知道我和瞬的事嗎？」

「我們有一起踢室內足球……」

「但我不會責怪橘同學的。」早坂同學這麼說著。

「我還能留在桐島同學的身邊，都是多虧了橘同學的這種心情。因為妳覺得自己傷害了我和學長，才會讓我共享的吧？我很清楚，也很感謝。所以絕對不會覺得錯在橘同學身上。」

此時早坂同學看著走向體育場的人潮陷入了沉默，其中有一對年紀相仿，看似情侶的男女正開心地牽著手。

「三個人有點不太平衡呢。」

她這麼說著，靜靜地放開我的手。

「欸，橘同學。聖誕節的時候，不要再三個人一起了。」

「是啊，這麼做比較好。」

是否能三個人一起度過的最終測試很快就結束了。說到底，這場測試就是看我們佯裝愉快的演技能夠維持多久，而我們沒能持續到最後。

於是，這場足球比賽對我們來說變成了消化比賽。美麗的草地、夜間的足球場，以及國歌。周圍的人都很激動，而我們三個人只是呆愣地看著。在球場燈光的照射下，她們的表情十分茫然，看不出來在想什麼。

我們之間瀰漫著消沉的氛圍，原以為今晚會就此結束。但是——

「這樣不太好吧，這是我們最後一次三人一起約會。既然如此，我希望能留下愉快的回憶，畢竟跟喜歡的人在一起要是不開心的話就是在說謊嘛。」

中場休息的時候，早坂同學露出一如往常的為難笑容說著。

「我去買飲料。」

「我也一起去。」

兩人結伴離開座位，應該是要構思如何讓場面變愉快的作戰吧。但有種她們愈是思考，情況會愈來愈糟的感覺。當我想到這裡，兩人意外地很快就拿著飲料回來了。

「來，這是桐島同學的份。」

她們說是麥茶，將一個大塑膠杯遞了過來。

接著兩人再次坐回我身邊。

早坂同學目不轉睛地盯著麥茶看了一會兒，下定決心似的將嘴靠上去，表情難受地傾斜杯子，咕嚕咕嚕地喝了起來。

「噗哈！」

噗哈？

我轉頭一看，橘同學也皺著眉頭，緊閉著眼睛一口氣喝光了杯子裡的東西。

難不成——

我喝了一口她遞過來的麥茶，喂——

「這不是啤酒嗎！」

這兩個人真是不懂分寸，我這麼想著。

◇

在酒吧工作後才知道，並非每個人喝酒就會變得很亢奮。有的人會變得很睏，也有人會變得消沉。而我是喝完會頭痛的那種人。

「視野……好像變得扭曲了……」

而橘同學和早坂同學是會變得非常興奮的類型。

「哇～！進球了、進球了、Goal～！成功了桐島同學！最喜歡你了！」

「好厲害！一分？是一分耶！啊哈，司郎，來接吻吧！」

她們因為足球比賽興奮不已，沒來由地撲到我身上。

這是發生在比賽結束，我們離開體育館前往車站時的事。

兩人不顧旁人的目光開始吵起架來，於是我刻意走進了沒有人的小巷子裡。

「小光里太狡猾了！」

早坂同學說著。她整張臉紅通通的，說不出一句完整的句子。

「不光是桐島同學和柳學長，在學校也有女性朋友，什麼好處都被妳占走了！」

「小、小茜欺負人～！」

橘同學像個幼稚園小孩一樣躲進我背後。

「司郎，救救我！」

她甚至有著酒後愛哭的屬性，讓人倍感困擾。另外，我不是個會不要命地介入兩個酒醉女孩爭吵的人。

「小、小茜也很狡猾啊！」

橘同學一邊拿我當擋箭牌，一邊做出反擊。

「一副隨時會壞掉的感覺，那樣的話司郎怎麼可能扔下妳不管！」

「小光里不是也說了自己只會給桐島同學觸碰嗎？雖然那也許是小時候的約定，但要是立下那種約定，桐島同學當然會覺得自己有責任，一直喜歡著妳的！」

「才不是呢！就算沒有那個，司郎也會喜歡我的！」

「那可未必喔～？」

「小、小、小茜這個笨蛋！」

「笨蛋？我生氣了！」

早坂同學撲了過來。當然，挨撞的依然是被當成作擋箭牌的我。橘同學從我身後縮著手，不斷揮出軟綿綿的拳頭應戰。這兩個人喝醉甚至會動手，我絕對不會讓妳們再喝酒了。

「小茜又立刻把身體貼過來了！妳就是這樣誘惑司郎的吧！」

「別、別把我說得像是個色女一樣啦！」

「事實就是這樣啊，妳老是在我前面炫耀！」

「只、只是小光里害羞不敢做而已吧？就是因為妳這樣，才會被那個大學生嘲笑說是『不給做的女朋友』啦！」

「都是司、司郎的錯！我確實很害羞……不過如果他硬來的話，我其實沒關係的。」

就說硬來對我來說很難啦。

「我可是自己做好了準備喔？可是、可是……」

兩人瞇著眼睛盯著我看。

咦、這個，會波及到我嗎？

「司郎，我應該不是『不給做的女朋友』吧？」

「桐島同學，你為什麼不想做呢？大家都在做喔？來做吧！」

兩個醉鬼講出了很不得了的話。

她們從左右兩邊拉著我，抓著我的頭晃來晃去。我感到愈來愈暈，頭痛了起來，視野開始模糊不清。

總之，必須把這兩個喝醉的人好好送回家才行。抱持這種想法，我不斷向前走著。

然後當我回過神來——

我們三個正待在愛情賓館的房間裡。

我腦中的濱波發出了大叫。

為什麼啊！

第21話　一起壞掉吧

我正在浴室裡沖澡。

從頭上滴落的泡沫和水混在一起，流進了排水口。

感覺真是不可思議。無論是寬敞的浴缸，還是一應俱全的洗沐用具，都是為了做那檔事的事前準備。

愛情賓館。

只是為了做那檔事存在的空間。

起初我以為她們兩個只是喝醉玩笑開過頭而已。實際上，兩人也以玩鬧的心情進入浴室，對著按摩浴缸大呼小叫，甚至還傳出「小光里的身體真漂亮耶」、「嗚、嗚咪！」之類，讓人懷疑在摸哪裡的聲音。離開浴室之後，她們穿著浴袍在床上裹著被子，戰戰兢兢地看著房間電視上撥放的色情影片，並不時地嚥下口水。

為了克制自己，我坐在稍遠的沙發上。看著兩人到了末班車即將開走的時間仍不打算回家，我明白她們是認真的了。

「橘同學和我都跟家裡說過要去對方家過夜了。」

兩人已經清醒，也不再用小光里和小茜來稱呼對方。

就算真的還在醉，地點可是這種空間。這裡有著寬大的床、反射燈光照亮的枕邊還放著保險套，有種會做出那檔事的真實感。

比起興奮，緊張感更為強烈。

早坂同學和橘同學漸漸地不再開口，還散發出一股難以言喻的壓力，所以我走進了浴室。

我邊淋浴邊思考著。

禁止偷跑的規則該怎麼辦？是覺得時間跟地點幾乎一樣所以沒問題嗎？不，並非如此，她們根本沒有理由。

我擦乾身體，穿上內褲並披上浴袍，吹好頭髮後回到房間。

房裡已經關燈，她們躺在床上，用棉被蓋住了頭。

是平時睡覺的習慣讓她們冷靜下來了嗎。

既然如此，我去沙發上睡就行了。由於暖氣設定的溫度相當高，即使不蓋棉被應該也不會感冒，反而還覺得有點熱。

當我這麼想，打算走過床邊時。

「司郎來躺中間。」

橘同學從床上抓住了我的手臂。

「不，這再怎麼說……」

「別再說這種話了。我們不需要『我去沙發上睡』這種假正經的態度。這麼一來，滿足的不就只有在沙發上睡覺的人嗎？」

經她這麼一說，我也只能爬上床。在鑽進棉被裡時，她們脫掉了我的浴袍。雖然是躺在中間才發現的，但兩人身上只穿著內衣，彼此的肌膚碰在了一起。

「真的要做嗎？」

「要做喔。」

早坂同學說著。

「因為是女朋友嘛。」

「可是，在這種狀況下——」

「三個人做很奇怪嗎？或許是呢。不過我們早就不正常了吧？事到如今還要假裝正經？不做才是誠實的？那些全部都是謊話嘛。」

早坂從棉被裡探出頭來，調整著枕頭上方的旋鈕。

房間稍微變亮了一點。

「橘同學，好好展現給桐島同學看吧。」

「……說得也是。」

兩人掀開棉被跪在床上，展現出自己的身體。

「這、這樣實在有點害羞呢。」

早坂很難為情似的轉過頭去。

「嗯、嗯。果然很讓人害羞……」

橘同學雙手抱著自己的雙肩扭動著身體。

「既然這麼害羞，就別勉強——」

「不可以，請你仔細……看清楚。」

橘同學說著，視線不斷游移。不，雖然覺得像她這種戀愛新手不該逞強，但早坂同學也對我說了：「好好看著她吧。」

「畢竟這是為了被看才準備的，就連買下來也需要很大的勇氣喔。」

兩人穿著與她們平時形象相距甚遠的煽情內衣。

是帶有光澤的緞面布料條紋內衣。早坂同學穿的是粉紅色配黑色系，橘同學則是紫色配黑色系，大概是一起去買的吧。另外，下半身的布料很少。

「桐島同學肯定不知道吧？橘同學最近一直穿著這種內衣喔，所以每當體育課換衣服時都會被取笑。即使如此，橘同學還是因為或許有機會跟桐島同學發生這種事，每天都穿這種內衣喔。」

「嗯。」橘同學默默地用力點點頭。

早坂同學繼續說了下去：

「雖然很害羞，但我們依然做好了事情變成那樣也無所謂的準備喔？欸，現在表現得像是紳士般說著『其實妳很難為情吧』就是誠實的嗎？這是誰的自我滿足？」

某些人大概對這種行為有種「這樣做才是正確的」之類的想法，並藉由把他人或自己套入其中來獲得滿足。

當然，我心中也有某種類似正確的印象——

「我跟橘同學都不需要那種東西。」

早坂同學爬了過來，在我耳邊低聲說著。

「開始共享之後，桐島同學就一直帶著向我們贖罪的心情，打算誠實地交往下去對吧？這感覺很莫名其妙吧？」

她的表情變得愈來愈放蕩。

「欸，我和橘同學都要壞掉了喔。」

我看向橘同學。

橘同學雖然備感羞恥地扭著身體，但她的眼神非常冷淡。就像是在輕蔑地說著「反正你又會找很多藉口，選擇只讓自己好過的那種自私的誠實吧」。

「欸，桐島同學想怎麼做？」

早坂持續在我耳邊低語，吐出氣息。

「如果桐島同學不是個只會耍嘴皮子的男人，就跟我們一起壞掉吧。」

當她這麼說完的下個瞬間。

我坐起身，在接吻前先一步將手伸進了早坂同學的內褲裡。

◇

之所以選擇早坂同學，只是因為她離我比較近而已。

我抱住雙膝跪在床上的早坂同學的腰，將另一隻手伸進她的內褲裡摸索。想拋開理智非常簡

單，只要注視早坂同學穿著煽情內衣的模樣，觸碰她豐滿的身體就行了。

「桐島同學，這種姿勢太激烈了——」

起初，早坂同學似乎因為被突然觸摸嚇了一跳，但很快就露出了陶醉的表情。我的指尖能感覺到她的熱氣和潮濕。

「早坂同學已經變成這樣了。」

「因為……」

「因為？」

我一邊催促著她說下去一邊動著手指，我的指尖輕輕滑動並逐漸有了水氣。

早坂同學呼出甜美的氣息，弓起了腰。

「因為，我想像過了嘛……」

「想像什麼？」

「畢竟這裡是愛情賓館……所以真的會做吧……桐島同學的那個……會進入我的裡面……」

「所以才會變成這樣啊。」

我從她的內褲裡抽出手，手指上的液體牽著絲線。

「別、別讓人那麼害羞啦……」

「不是要堅持做到最後嗎？」

「是這樣沒錯……」

早坂同學鬧彆扭似的倚靠在我身上。

她抱著我，朝橘同學看了一眼。

『由我先來。』

早坂的眼裡帶著些許勝利的涵義，兩人的視線交會，看起來彷彿火花四濺。

而橘同學雖然露出了不滿的表情，還是說著「……沒關係」。像這種時候，橘同學這個戀愛新手總是會落後一步。她直接坐了下來，抓著床單的一角遮住身體，表情充滿渴望地看著我們。

這種視線給人的感覺很不錯。

我緊緊抱住早坂同學的身體。由於暖氣的溫度高到會熱，她的身體滲出汗水，肌膚像是被吸住了一樣。

我隔著內衣，粗魯地抓住早坂同學那隨時都會走光的胸部。

「我不會再忍耐了喔。」

「這樣就行了，桐島同學。因為可以把兩個喜歡的女孩都占為己有嘛。你想這麼做對吧？現在情況就是這樣喔？」

沒錯，這個狀況對我來說實在太有利了。因為有利過頭，我像是要做出補償般，假裝自己抱著贖罪的心情，擺出不幸的態度。試圖在享受著這個狀況的同時，得到某種事物的原諒。

那個「某種事物」恐怕就是世間普遍存在的價值觀。

兩人指責了我的這種態度。

既然我們都允許了，就不需要其他東西了吧？

見我即使如此也不敢跨出最後一步，她們把我當成了優柔寡斷的男人，早坂同學甚至說我只是口頭說說而已。

我這樣或許很膽小也說不定。就像一個小孩面前放著許多糖果，明明很想吃，但還是會擔心吃了是否會被媽媽罵。

現在橘同學和早坂同學要我吃下這世上最甜美的毒藥，能夠允許這件事的人只有她們，而她們完全允許了我。

既然妳們對我投以這種感情，還說出這種話，我也有足夠的欲望去接受，不會再猶豫了。

我開始玩弄早坂同學。

理智早已完全斷線。

我解開早坂同學胸罩的釦子，把手伸了進去，盡情地揉著她的胸部。

「我不會全部脫掉喔。」

「嗯，就這麼做吧。因為這就是要穿給桐島同學看，讓桐島同學興奮的內衣嘛……桐、桐島同學……太激烈了……不要……」

「不必忍著不發出聲音。」

畢竟這裡是愛情賓館。接著我用手指觸碰著她的突起，那裡馬上很快就變硬了。

「桐島同學、這個、好厲害……好舒服喔……討厭……」

受到這裡的氣氛影響，早坂同學陶醉地開始發出有別於平時的聲音，說著平時的她不會說的話。

此時我回想起自己剛才被橘同學冷眼相待的事。

於是我來到早坂同學背後，像是要現給橘同學看似的，左手抓住早坂同學的胸部，右手伸進她的內褲裡，用手指搔弄著她濕熱的那個地方。

見到這副光景，橘同學露出了難以形容，混雜著嫉妒、懊悔和好奇心的表情，來回不斷地摩擦著自己白皙的大腿。

早坂同學察覺到橘同學的視線，刻意更大聲地發出呻吟。

「桐島同學、好厲害、我好有感覺喔，已經忍不住了、多做一點、把我弄得一團糟吧！」

她的那裡讓我覺得彷彿會被燙傷般熾熱，並且比剛才更加柔軟，深處不斷流出液體。我不僅將手指伸向凹陷處，還來回地移動著，試圖讓她更有感覺。產生了既然要說這種話，那就讓她用液體的量來表示心意的想法。

而她的身體很快就回應了我的要求。

「不要，好難為情喔。不要發出那麼大的聲音啦……」

早坂同學的身體滲出了更多的汗水。

她轉頭看了過來。我吸著她的舌頭，一邊揉著她的胸部一邊接吻，隨心所欲地撫摸她身體的各個部位。

「好厲害，我被桐島同學當成玩具玩弄著。」

早坂同學向我撒嬌，同時興奮地向橘同學展示自己失控的模樣。由於要求橘同學共享的人情，早坂同學總認為自己輸給了橘同學。但是當下跟我做出這種行為的人是早坂同學，她也對自己做出了橘同學辦不到的事感到開心。

「早坂同學，舌頭伸出來一點。」

我其實對橘同學和柳學長還有聯絡的事感到不滿，更討厭她隱瞞牽手的事情。

所以才刻意在她面前做出這種行為。

雖然可以搬出橘同學家裡的事，或是我們對柳學長做了過分的事之類的理由來佯裝成熟說服自己。但要我別再用算術之類的加減法來判斷感情的正是她們，而我只是在展現自己最純粹的感情。

「你、你們兩個……做過頭了……」

橘同學正透過觀看我們的行為來懲罰自己，懲罰著無法變得專情，說謊隱瞞牽手這件事情的自己。然而看著我們的行為，橘同學並非只感到難過。她是個會扮成狗，儘管難為情卻仍希望被強硬對待傾向的女孩子，因此才會對這個狀況感到興奮。這點從她即使臉上掛著不滿的表情，但臉頰卻紅通通的，一邊用床單遮著自己，一邊將纖細的手指伸進自己的內褲裡不斷動著就能看出來。每當我在早坂同學的內褲激烈地動起手指，橘同學的手指也會以同樣激烈的方式動著。

這是個充滿熱氣、濕度、響著水聲，彷彿會讓人失去理智的空間。

赤裸裸的感情交錯讓人產生無比的快感。

我們三個都沉浸在這悖德的快感中。漸漸地，水聲愈來愈大。其中不只是早坂同學的聲音，橘同學的聲音也夾雜在其中。

「討厭、這樣子、不行、啊、要去了、桐島同學、桐島同學！」

早坂同學身體前傾，全身不斷顫抖著。

水滴從我手指和內褲間的縫隙滴落在床單上。不停撫摸著自己的橘同學也同時顫抖著身體，表情十分陶醉。

整個房間都是我們三人急促的呼吸聲。但今晚要做到最後，不會就此結束。

「這次換我來讓桐島同學變舒服。」

完全打開開關的早坂同學依偎著我，她全身無力，全身的體重都壓在我身上，於是我也向後朝倒向床。

「桐島同學，我喜歡你！桐島同學，用我的身體來變得舒服吧！」

早坂似乎拋開了理智。她騎在我身上將身體蹭了上來，拚命地吻著我。開始舔起我的頸部、鎖骨，以及全身。

濕潤的舌頭滑過我的肌膚，背脊竄起一陣快感。早坂同學香汗淋漓的大腿和我的大腿交疊在一起，能感受到內褲濕滑的觸感。

由於早坂同學坐在我身上，她的那裡碰到了我的分身。

碰到的瞬間，早坂同學的臉上洋溢著開心的神色。

「這是因為桐島同學很興奮，覺得我很有魅力才會變成這樣的對吧？」

「是啊，我已經滿腦子都只想做下去了。」

「嗯，這樣的桐島同學很棒，這樣就行了。」

早坂同學凌亂的模樣十分性感，整個人熱烘烘軟綿綿的。我想向她發洩自己的慾望，於是便從下方順著心意挺起了腰。

「好厲害喔，能清楚感覺到桐島同學的……」

早坂同學撐起身子，開始動起了腰。我們隔著內褲互相摩擦，能感受到早坂同學的濕氣跟溫度。

她一邊發出呻吟，一邊微笑地看著橘同學。

橘同學露出了憤怒的表情，但手指仍動個不停，內褲的顏色有了變化。

「桐島同學，再更舒服一點，用我的身體變得舒服吧。」

早坂同學倒在我身上吻著我，這段期間她也不停地動著腰。濕潤的內褲蹭了上來，我興奮地挺起腰，情緒逐漸升溫。當我伸出舌頭，早坂同學就拚命地吸允著，我們身上沾滿汗水，彼此的體液交融在一起。

因為想看她更失控的模樣，我抓住早坂同學柔軟的胸部，用力地捏著。早坂同學發出高亢的嬌喘聲，她的聲音讓我更加失去理智。汗水沿著早坂同學的臉頰滴在我的胸口上，我的內褲也被早坂同學的那裡滲出的液體給弄濕。

「可以喔，多做一點也沒關係，桐島同學想怎麼做都行，盡情地做嘛。」

我享受著早坂同學的身體。舔著脖子、揉著胸部、觸碰她的腰、撫摸她的大腿。早坂的眼神失去了神色，只是一味地發出呻吟動著腰。

此時一股強烈的壓迫感朝我襲來——

「早坂同學，我已經——」

「桐島同學，喜歡你、喜歡你、喜歡你！」

當早坂同學不斷喊著：「要去了！」全身顫抖的瞬間。

伴隨著腰部虛脫的快感——我也在內褲裡射了出來。

「這是什麼……好厲害……我滿腦子都只有桐島同學了……」

早坂同學沉浸在餘韻中，她的表情非常性感。嘴巴微微張開，口水溢出嘴角，臉頰上貼著被汗水沾濕的頭髮。

「抽動得好厲害……」

她這麼說著，伸手觸碰我的內褲。

快感使我的腦袋一片空白，什麼話都說不出來。

「桐島同學因為我變得舒服了呢，太好了。桐島同學真的喜歡我耶……這就是證據……」

早坂同學把手伸進我的內褲，將那個沾在手指上，雙眼無神地看了一會兒，舔了幾下後開口。

「我希望你能把這個注入我的裡面。」

「咦？」

「不戴套地……來做吧。」

我全身無力，幾乎無法理解早坂同學在說什麼。不過，我很清楚她正在說著很不得了的話。

「如果桐島同學進來的話，我想自己一定會發生很驚人的事。然後，如果這麼熱的東西進入體內，我一定會變得一塌糊塗，真的會喜歡桐島同學到失控，無法自拔的程度。」

早坂同學的眼神失去了理智。

「欸，來做吧，一起陷入瘋狂吧。你想這麼做吧？沒錯吧？」

她用恍惚的表情摸著我的身體。

「我應該可以讓桐島同學變得非常舒服喔。因為我這麼喜歡你，都變成這樣了嘛。你想做吧？欸，你想做對吧？」

我想像著自己進入早坂的身體，感受她的內部，用力抱緊她濕潤熾熱的身體，像是要融為一體般接著吻。肯定會非常舒服。

「我會變得更喜歡你喔？如果你願意這麼做，我一定會更加更加喜歡桐島同學的。」

早坂同學一邊這麼說，一邊隔著內褲將那個濕潤的地方貼了上來。

「桐島同學一定也會變得更喜歡我喔，因為我完全沒讓桐島同學知道自己有多喜歡你嘛。如果做了，我想應該就沒問題了。畢竟都直接聯繫在一起了嘛，絕對會傳達到的。」

或許真的是這樣也說不定。要是兩人直接相連，一起失控，感情互相碰撞的話，我們就不會再有誤會，能夠真正了解對方。

「我想讓桐島同學知道，現在我的那裡變得很驚人，很厲害喔？我認為桐島同學絕對也會很舒服的。」

也許是正在想像接下來會發生的事，早坂同學又開始動起了腰。

「桐島同學、桐島同學……我……又要……哇啊……哇……這個，好厲害喔……」

早坂同學完全失去控制，我也興奮了起來，想把自己下流的感情發洩在她柔軟潮濕的身體上。

「哇啊，桐島同學的好厲害，我好開心。就這麼做下去吧？我想在裡面感受桐島同學。這樣的話我一定會瘋掉，會大聲地發出呻吟，流得到處都是。」

「也會不停地高潮呢。不過沒關係吧？雖然我會變得奇怪，但應該不要緊吧？」早坂同學這麼說道。

「來做吧，一起變得一團糟吧，我想變成一團糟的模樣。」

早坂同學把手伸向我的內褲。

我將早坂同學的內褲往側面拉開。

這個情況已經無法阻止。

接著當我們打算迎向初體驗的時候——

「就到此為止吧。」

充滿熱氣的房間裡迴盪著冰冷的聲音，是橘同學。她正用力抓著早坂同學手臂。

「快停下來，已經夠了吧。」

並且擺出一副熱情消退的嚴肅表情。但是——

「不要，我絕對要做！」

早坂同學像個在使性子的小孩一樣，試圖甩開橘同學的手。

「已經決定要做了。桐島同學也想做，我來跟他做。」

被沖昏頭的早坂同學根本不理橘同學，氣喘吁吁地打算抓住我的內褲——

「我不是叫妳住手了嗎！」

清脆的聲音響起。

橘同學激動地打了早坂同學的臉頰。

是一記大到連我也回過神來的巴掌。

雖然我擔心著早坂同學的狀況，但她只是摀著臉露出微笑。

「是呢，我從一開始就知道了，就算到了愛情賓館，也不可能做到最後。」

「因為橘同學絕對會想先做嘛。」早坂同學說著。

「我也是一樣喔。要是真的做了，我會忘不了桐島同學，會像個傻瓜一樣喜歡著他，絕對不肯放手。如果變成那樣，做了那種事的話——」

或許是想像著那時候的光景，早坂同學興奮地說。

「我絕對不會共享，無論發生任何事都不會讓出桐島同學。橘同學不也是一樣嗎？」

◇

我們三個人並肩坐在首班電車上。

車廂裡沒有其他人，車軌行駛的聲音規律地響著。天色逐漸亮起，我們幾乎沒有說話，只是安靜地從車窗眺望著林立的大樓。

在那之後，我們恢復了冷靜，深深地反省了一下。橘同學針對打了早坂同學耳光的事情道歉，我跟早坂同學也對在悖德的快樂放縱自己這點道了歉。不過在早坂同學說了：「可是橘同學其實也

有點開心吧。」之後，橘同學就噘起了嘴。

總而言之，我們追加了兩項禁令。

第一，禁止喝酒。

畢竟我們都未成年，這是理所當然的。而且兩個女孩為了改善氣氛，一口氣喝光啤酒的隨便想法相當不妙。

另外一點，就是禁止任何色情行為。

這是橘同學提出的，理由是不會有什麼好結果。

我和早坂同學當然無法反駁。而因為我們做得太過自私，基於公平原則，立下了橘同學之後還能做一次色情行為的約定。橘同學說了：「我只會做『可愛的事』。」

於是，我們在床上進行了深度的反省，各自洗完澡穿好衣服，彼此保持著一定的距離睡覺。睡醒之後，我們三個都決定把昨天的事當成一場夢。或許該說，那真的就是夢吧。

我們既可以像那樣演著戲，也能像現在一樣若有所思地坐在首班電車上。

不過我很清楚，在她們平淡表情和穿著的衣服底下，有著熾熱的肌膚和如同刀子般銳利的感情。所以——

「應該不必繼續勉強三人一起了吧。」

橘同學這麼說著，她在快要下車的時候站了起來。

「說得也是。」

早坂同學點了點頭，她的表情十分慵懶。

「昨天晚上的事就是我們的真心話，三個人在一起只會吵架。」

「聖誕節讓司郎來選嗎？」

「只能這麼辦了。」

「那我在這裡下車。」

電車停了下來，橘同學走出車廂。

此時她再度回過頭來，露出一副似乎想說些什麼的樣子看著我，但最後還是轉身離開。隨後車門關上，電車開始行駛。

「重要的事真乾脆就決定了啊。」

聽我這麼說，早坂同學露出壞心眼的笑容。

「要是沒被選上，我會哭喔。」

「妳是在刻意給我壓力吧。」

「嘿嘿。」

這件事對我來說一點都不好笑。要跟誰一起過聖誕節，實際上就像是在決定兩人的優劣，光想就覺得頭痛。

「不過，反正桐島同學會選擇橘同學的，我很清楚。」

「我是真的喜歡早坂同學。」

「不過第一順位果然還是橘同學，所以你才會打算冷靜地解決她家裡的情況對吧？」

「我知道喔。」早坂同學說著。

「昨天晚上也是。就算橘同學和柳學長還有聯絡，桐島同學卻一點也不吃驚。因為——」

「桐島同學一開始就知道了嘛。」早坂同學這麼說著。

「桐島同學還和柳學長處得很好吧？文化祭結束後也是一樣，真是莫名其妙。」

第21.5話　酒井文的畢業考

放學後，我在早坂茜的房間裡和她聊天。

她是因為桐島忙著打工，為了排解寂寞才把我叫來的。不過小茜是我為數不多的好朋友，也有好好端出茶點，這方面就原諒她吧。

「那麼，妳跟柳怎麼樣了？」

「……他經常找我商量跟橘同學之間的事，但我給不出意見，只能一直聽著。」

柳好像會在晚上打電話給小茜。光是想像她穿著睡衣，緊張兮兮地和喜歡的男孩子通電話的模樣，就覺得好可愛。

「感覺有機會呢。」

男人在諮詢戀愛的時候，經常會說出「如果失戀了，我可以告訴妳嗎？」作為前提。當然，也有並非如此的情況，但肯定是出於好感。

「那桐島怎麼辦？」

「咦？什，什麼？」

小茜差點把杯子裡的紅茶噴出來，她一直把我當成不懂戀愛的單純女孩。

「什、為什麼會說到桐島同學？我、我什麼都沒跟小文說吧？」

「嗯，不過妳喜歡他吧？」

「妳、妳怎麼知道的～？」

「唉，妳以為沒被發現嗎？」

小茜放棄掙扎後，將所有事情都說了出來。那些內容讓我有些吃驚。雖然我對這件事有一定程度的了解，但沒想到居然會走到共享這一步——

「可是，我想從桐島同學身上畢業。」

「為什麼？」

「因為桐島同學不會選擇我的，就算再怎麼喜歡也沒用。妳看嘛，不是有人說等不到的人就跟死人沒兩樣嗎？」

「真是誇張的比喻耶？」

「而且啊——」小茜繼續說著。

「目前只是我硬是介入了兩情相悅的橘同學和桐島同學之間而已。因為還沒整理好自己的心情所以只能這麼做，但我覺得自己必須找機會從桐島同學身上畢業才行。」

「哼嗯，那我來幫妳測試一下。做個妳能不能好好畢業的畢業考吧。」

「聽起來真有趣！」

小茜莫名地有幹勁，握緊了拳頭。

「那手機借我一下。」

「為什麼？」

「我要刪掉桐島的聯絡方式。」

「不、不可以～！」

小茜將手機抱在懷裡藏了起來，說著：「現在要是沒辦法聯絡他會很麻煩，這件事要最後再做！」嗯，有點道理。

「那麼──」我這麼說著，目光停在桌上的志願調查表上，小茜只在國立公立理組的位置畫了圈，並沒有寫出具體的大學名稱。

「印象中桐島說過沒有獨自生活的餘力，所以想就讀東京都內的大學……」

我拿起筆，走向桌子。

「小茜就去念遠一點的大學吧。」

並在說完後打算填上京都的大學，但是──

「不、不可以～！」

小茜再次做出抵抗。

「去遠一點的地方就見不到面，很快就能忘記喔？」

「我才不會忘記呢！不對……妳看嘛，那個……我家也不算有錢，所以還是別獨自生活比較好，該怎麼說呢……」

「……哼嗯。」

接下來我環顧房間，注意到擺放在書架上的遊戲角色鑰匙圈。雖然是隻可愛的怪物，但是小茜沒玩過那個遊戲。

「那個是？」

「桐島同學在遊樂場幫我抓的。」

下個瞬間，我抓起鑰匙圈準備扔進垃圾桶，但是小茜說著：「住手！」雙手抓住了我的手臂。

「為什麼要做這麼過分的事？這可是我跟桐島同學共同回憶的鑰匙圈啊！」

她露出快要哭出來的表情說著。剛剛她好像才說過想要畢業，其實是別人說的嗎？接著我又發現枕邊放著電影票根，當我想靠近時，又被發出「唔嗯」的小茜從身後勒住雙臂。

在這之後我們又打鬧了一陣子，中途我開始覺得麻煩，於是便跟她一起坐回了椅子上喝茶開起茶會。

「……小茜，妳真的有打算放棄桐島嗎？」

「有、有啊！」

雖然不知道她哪有臉說這種話，但她似乎在用自己的方式努力。

「妳看嘛，我不是很怕被男孩子用、用下流的眼神看待嗎？」

「明明有那種身材呢。」

「小、小文！」

小茜頓時滿臉通紅，我說著「好，好」催促她繼續說下去。

「所以啊，為了克服這件事，我開始在有很多男客人的地方打工了。」

「哪種地方？」

「女僕咖啡廳！」

「……總覺得小茜妳很古板呢。」

「妳、妳是想說我很老氣嗎？」

現在的趨勢應該更傾向於動漫主題咖啡廳之類的地方吧。

「不、不過因為是那種地方，所以我還要戴上狗耳朵。」

「有這種追加屬性的方式嗎？」

小茜好像沒有把她在女僕咖啡廳打工的事告訴桐島。

「有時候，我好像有那麼一點依賴桐島同學。」

「嗯，有那麼一點點呢。」

「因為我老是被桐島同學幫助，所以才想自己一個人做，畢竟不能一直依賴他。」

確實，如果小茜不再害怕那些對自己抱有各種期待的男人，那麼她戀愛的選項就會變多，可以不用再依賴桐島也說不定。

「可是，有必要做到這種程度嗎？」

我放下杯子站了起來。

「我不認為小茜比不上橘同學。」

「咦？」

「那麼，我差不多該回去了，鬧了一番也累了。」

「對、對不起。」

「別在意，好久沒這麼開心了。」

我做完回家準備，穿上大衣準備走出房間。小茜拉住我的袖子，小心翼翼地問著：「那個那個，小文——」

「……那麼，我的桐島同學畢業考的結果呢？」

我轉了轉脖子，用跟平時不同的大音量說道：

「當然不合格啊？」

第22話 嶄新的愛情表現

我正被人擺布著。

到目前為止，我對戀愛總是有著強烈的自覺，並帶著明確的意圖來面對。既不會被世間對戀愛的形象影響，也不會隨波逐流，而是認真思考後採取行動。我認為這才是真正的誠實。

我會仔細想像將來的事和對方的心情制定計畫，來決定談怎樣的戀愛。方法和實踐，假說檢證行為。

但是現在的我沒有任何想法，只是一味地任由早坂同學和橘同學指使。光是應付她們兩個的行為就費盡全力，就像是一場永不結束的防守戰。

我再也沒有主導權，無法控制任何事物。而且，把我逼到這種地步的不只是橘同學和早坂同學而已，還有另一個人——

「你打工的地方還真驚人啊。」

這是我一如往常地在音樂酒吧削馬鈴薯皮、擦玻璃杯，應付完在吧檯喝著啤酒工作的國見小姐之後發生的事。

在我做完今天的工作，把垃圾扔到後巷，準備回去店裡的時候。

那個人正在那裡等著我。

「桐島，能聊一下嗎？」

是柳學長。

我們搭乘電車回到家裡附近的車站，走進營業到深夜的甜甜圈店。從國中時開始，每當我和牧跟學長玩到肚子餓時就會來這間店。現在只有我們兩個人，因為時間很晚，店裡幾乎沒有客人。

「咖啡跟老樣子就行了吧？」

「我會自己付帳的，畢竟有在打工。」

「別客氣啦。」

我們面對面坐在店裡最裡面的座位，我用手指剝開普通的甜甜圈，拿起一塊放進嘴裡。

「嘴巴沒事吧？」

「雖然有稍微裂開，但已經復原了。」

「那時候不好意思啦。」

我在文化祭的舞台上和橘同學接了吻。當天晚上，柳學長把我叫了出去。我騎著自行車來到沿著河川鋪設的河岸步道上，柳學長就站在那裡。在路燈照耀下，他臉上面無表情，看不出究竟在想些什麼。

「從什麼時候開始的？」

被柳學長這麼詢問，我將從夏天集訓時就已經兩情相悅的事情說了出來。學長說了句「是嗎」，接著揮拳揍了我的臉頰。我的嘴裡頓時流血，身體向後摔倒跌坐在地上。

無論揍人的學長，還是被揍的我，都期待著這麼做或許能改變這個情感無處宣洩的狀況。但就結果而言，我們只是做了有那種感覺的行為而已，實際上毫無意義。

「揍人的我反而比較痛也說不定啊……」

學長揮揮手並這麼說著。他的表情充滿苦澀，看起來非常厭惡揍人的自己。學長不是那種會揍人的人，讓他這麼做的原因毫無疑問地就是我。

我還以為被揍之後心情會舒暢一點，但果然完全沒那回事，只有臉頰傳來陣陣刺痛。

然後我們沉默了一會兒。

「就算事情變成這樣，我還是喜歡小光。」

學長這麼說著，看起來似乎十分混亂。

「我真是個笨蛋對吧。」

在那之後，我跟學長偶爾會像這樣聊天。

所以，我從一開始就知道橘同學依然跟學長有聯絡。

在我吃著甜甜圈的時候，學長一臉疲憊地喝著咖啡。

椅子上放著一個看起來好像很重的書包。學長上的補習班離我打工的音樂酒吧很近，所以他一直在等我下班。

「很卑鄙對吧。」

學長無力地笑著說。

「因為想盡可能地保留小光喜歡上我的可能性。我只對你生氣，並沒有生小光的氣。還在對你生氣的同時，在腦中盤算著該怎麼做才能從桐島手中奪走小光，很狡猾對吧。」

我認為這是種壓抑感情，非常合理的選擇。

「多虧這樣。前陣子，我跟小光牽手了。」

「……我知道。」

「是小光說的嗎？」

「打工地點的前輩偶然看到了。」

「並不是小光花心了喔。」

「嗯。」我這麼回答。眼前的學長雖然有些憔悴，但畢竟是個帥哥。一想到橘同學跟這個人牽過手，我的胸口就一陣刺痛。心中湧起想立刻聯絡橘同學，把之前的事問個清楚的自私焦慮感。

「我利用了她的罪惡感。」

學長說道。

「就算發生了那種事，我很清楚只要自己原諒並拜託她『讓我繼續當妳的未婚夫』，事情就會一步步變成這樣，畢竟還有家庭因素在嘛。我也覺得這樣既狡猾又沒出息。不過多虧如此，小光第一次不把我跟其他男人一視同仁，也不是家裡決定的未婚夫，而是當作名為柳瞬的人來看待。」

「橘光里很溫柔。」學長說道。

「這是同情。因為我是個懇求她繼續讓我待在身邊，卑鄙又沒出息的傢伙，所以橘光里無法拒絕我的請求。」

正如學長所說。如果他真的只是個堅強、爽朗又帥氣的人，橘同學肯定會跟以往一樣，只把學長當成「家裡決定的未婚夫」。

「我知道小光因為喜歡你的心情，以及對我的罪惡感和同情交織在一起而感到混亂和痛苦。但我必須讓小光更加動搖才行。即使這樣很卑鄙，會讓小光更加痛苦也一樣。」

沒錯。想讓橘同學成為自己的東西，學長就只能這麼做。要是橘同學的感情維持現狀穩定下來，就不可能對學長有好感。

「桐島跟小光是初戀吧？」

「是的。」

「是因為小時候的約定，小光才不讓桐島以外的男人碰她對吧？」

「……沒錯。」

「欸、桐島，我是這麼想的。後來的男人就沒機會嗎？就一定贏不了初戀嗎？就一定得放棄才行嗎？我不這麼認為，也不想這麼做。」

「畢竟人心是很善變的。」學長這麼說著。

「我想把橘光里從你身邊搶過來。」

「……學長。」

「下個週末，我約了小光一起踢室內足球。」

「橘同學答應會去了嗎？」

「不，她當然拒絕了。是顧慮到你吧。」

但是，在學長鍥而不捨地邀請下，她好像勉為其難地說著「司郎會去的話……」並答應了。

「桐島，過來看吧。」

「看橘同學對學長打開心扉的模樣嗎？」

看到那副光景一定會很難受吧，我這麼想著。但是——

「不對。」

學長朝我探出身體。

「來看我吧。」

「咦？」

學長無視我的困惑，筆直地看著我的眼睛說道。

「看看我變得悲慘的模樣吧，桐島司郎。」

◇

星期六，我為了參加柳學長主辦的室內足球，來到一間大型電器店的屋頂。當我在更衣室換好球衣走出來，看見了幾座圍著綠色網子的室內足球場。

柳學長和橘同學待在最前面的球場裡。橘同學身穿白色的球衣，頭髮綁成馬尾。或許是平時不太運動的緣故，站在球場上的她讓人有種在發呆的印象。

除此之外，還有許多因為足球和柳學長有聯繫的人。有看似大學生的人們，也有不少女孩子。其中當然也包含了每個星期都會參加的早坂同學。

另外還有一個人——

「為什麼！」

濱波發出了慘叫。

「為什麼我會來這裡啊？」

「因為人數可能會不夠，學長要我找朋友來。」

結果大家都找了朋友，人數反而變得太多。

「明明決定不想再扯上關係了……」

「我找的是吉見學弟就是了，畢竟他好像很擅長運動。」

「所以我才代替他來了啊！畢竟不能讓我的吉見待在這種感覺會變成爆炸中心的地方，曝露在你們那種不健全的波動下啊！」

「我的吉見、嗎。妳說出了很像橘同學的話呢。」

「別、別、別、別拿我跟她相提並論～！」

到了集合時間，我們紛紛走進場內。

站在柳學長身邊的橘同學很尷尬似的低著頭，早坂同學在看到我之後，遠遠地輕輕揮了揮手。

柳學長用「父母經營的公司客戶的女兒」，向大家介紹了橘同學。

既不是學長的未婚妻，也不是我的女朋友。

就像是私底下的紳士約定。橘同學肯定明白這個用意，但她的表情沒有絲毫變化，看不出她對此是怎麼想的。

在柳學長的帶領下，我們先開始做起伸展運動。學長活用他的隊長身分和橘同學分在一組。見到這種不符合學長風格的拚命態度，能感覺到他的認真。

「我還是第一次看到橘學姊被桐島學長以外的男人觸碰。」

跟我分在一組的濱波說著。

「之前在橘學姊眼中只將人區分為桐島學長和其他人，柳學長真的以一個人的姿態進入她的意識中了呢。」

橘同學笨拙地張開雙腳，雙手拚命地往前伸展，柳學長推著她的後背。

「桐島學長，你不要緊吧？」

「咦？幹嘛這麼問？我沒事啊？」

「擺出一副世界末日的表情還這麼說很沒說服力耶。」

男女一起做伸展運動沒什麼大不了，非常普通。現在我也跟濱波一起這麼做。但人是一種比起原本沒有的東西，更害怕失去自己擁有事物的生物。這叫做稟賦效應，《戀愛筆記》上是這麼寫的。

「另外，那一位果然很受歡迎呢。」

濱波朝早坂同學的方向看去。

早坂同學正和一位像是大學生的男生做著伸展運動。就是背對背勾著彼此的手，往後仰的那個動作。她還親密地露出了笑容。

「不，因為早坂同學一直都有參加，所以才會變親密的吧。」

「不過，不覺得早坂學姊面對男人比平時更敞開心扉了嗎？之前只有表面是那樣，實際上卻有種隔閡感，但現在該說是莫名的溫和嗎，還是說更有親和力了呢……」

「果然妳也這麼想嗎？」

「桐島學長，你的情緒有點奇怪喔。」

真是的，不要繼續讓我感到混亂啦。

「學長到底要怎麼辦啊？柳學長參戰後已經變得一團亂了喔？」

「我也不知道該怎麼辦。」

「但是——」我繼續開口。

「我認為禪的思維中會有提示。」

「真是驚人的觀點耶。」

「不是有句話叫做『滅卻心頭火自涼』嗎？大家都認為那句話的意思是只要內心修行，就不會覺得熱，但其實本來不是這個意思。」

「是這樣嗎？」

覺得熱的時候，接受「炎熱」的狀況，或許是較為正確的解釋。因為自己將炎熱的狀況評價為「不舒服」，所以才會覺得不適。因此，如果不去判斷狀況的善惡而是順其自然的話，就沒有舒不舒服的問題了。

「當自己做出正確與否的判斷時，內心就會覺得難受。人總是會有自己明明做了正確的事卻沒有得到認同，或是為何對方犯錯卻沒有受到處罰之類的想法對吧？所以只要接受眼前發生的事，內心就不會受到影響。禪的思維中就有這種想法。」

就是因為拘泥於對錯和善惡，想憑藉自己的力量改變無可奈何的事，人們才會生氣，或是變得不安。

「所以我打算直接接受現在的情況，不會對我們四人關係的對錯做出評價。畢竟事情就發生在我眼前。就算我感到嫉妒，也不是因為那件事情本身有對錯，而是我打算順從自己的感情。」

「那個，學長，我可以說句話嗎？」

濱波看著我的臉，瞪大眼睛用充滿魄力的表情說道：

「可以請你立刻對世界上所有的佛教徒道歉嗎？」

就算開始練習踢球，狀況也沒有任何改變。柳學長緊跟在橘同學身邊，指導她踢球的方式。客觀來看，我認為這是個好方法。因為柳學長是隊長，可以盡情利用這個狀況向橘同學展示自己可靠、帥氣的一面。

早坂同學作為隊伍的吉祥物大受歡迎，而她看起來似乎也十分享受。目前早坂同學穿著短袖短褲的運動服，手臂和大腿一覽無遺。男人們的視線都會不時地注視著她那豐滿白皙的大腿。不過，早坂同學看起來並不討厭，這是和以往不同的變化。

最近在學校裡也是一樣，她對待男生的方式看起來也比以往更加溫和。

「桐島學長，請別太消沉了。」

「就說我沒消沉了。」

我將球朝濱波的腳下踢了出去。

接著從早坂同學和橘同學身上移開視線，朝著場地圍網的方向看去，發現有個女孩正在球場的角落獨自一人踢著球。

是個態度冷淡，面無表情的女孩。長相十分稚嫩，看起來年紀似乎比濱波還小。

我走到那個女孩身邊向她搭話。

「要一起練習傳球嗎？」

女孩子轉頭看著我，她身材十分苗條，頭髮用藍色大腸髮圈綁成了一束馬尾。

「謝謝你。今天是我第一次參加……」

「我們也是，妳喜歡室內足球嗎？」

「不，我一直都是田徑社的。夏天退出後就一直在家無所事事，所以姊姊今天才帶我來踢室內足球。」

她似乎是個國三生。

聽完她說的話，濱波說「感覺她好像某個人耶」並偏了偏頭。

當我說出自己的名字後，她也報上了名字。

「我叫橘美由紀，是在那邊的橘光里的妹妹。」

◇

足球的練習結束後，我們決定在小型比賽開始前休息一下。

我走進休息室，在自動販賣機買了罐運動飲料來喝。

接著透過窗戶看向場內，柳學長和橘同學依然站在那裡聊天。

一直和同一個女孩子說話既明顯又令人害羞，人們通常不會這麼做。但柳學長明知如此卻還這麼做，而橘同學也沒有拒絕。

因此我腦中充滿了各種想法。

但我自己也因為對柳學長的罪惡感而開不了口。

那個總是態度冷靜，光明磊落的學長正一直做著很遜的行為。

我一邊想支持他，一邊希望他快點住手。

正當我陷入這種矛盾的時候。

「橘同學的妹妹真可愛呢。」

早坂同學走進休息室，笑容滿面地說著。

橘同學的妹妹小美由紀現在依然在球場的角落跑著步。真不愧是前田徑社的成員，姿勢非常漂亮。除了踢球時以外她總是一派輕鬆地奔跑著，就像一隻只要活著就會不停游泳的魚一樣。

「啊，桐島同學在看的是姊姊那邊呢。」

早坂同學來到我身邊，跟我一起從窗戶看著球場。

「真是受歡迎呢。」

橘同學的身邊不只有柳學長，還聚集了幾個高三生跟像是大學生的人。

「像那種成熟的女孩子，感覺很受年紀大的男生歡迎。」

早坂同學念國中的時候，班上似乎就有那種人。

「是個成熟、難以親近，感覺對戀愛不感興趣的女孩子。但其實她只是沒把同齡人當作對象，會在車子裡跟帥氣的實習老師接吻喔。」

當然，早坂同學並不是想表示橘同學是那種女孩子。而是說她從外表來看屬於那種類型。

「桐島同學，你好像沒有跟平時一樣享受著自己嫉妒的情緒耶。」

「不知道為什麼呢。」

「你太壓抑自己了啦，說真的。你應該更衝動一點，做自己想做的事，我跟橘同學都覺得這樣就行了。」

「橘同學開始正視學長的存在，你很難過吧？我知道喔，就讓我來安慰你吧。」早坂同學說完後，走到窗戶看不見的死角，對著我張開雙手。我走到她身邊緊緊抱住了她。但是，完全不夠。

「桐島同學看起來還是很痛苦耶，為什麼？」

「這是因為我也對早坂同學……」

不能接受她做的事。我猶豫著是否該講出來。但當早坂同學用甜美的聲音對我說著：「欸，告訴我吧。」我就像是被她的體溫引誘一樣，就算知道這樣很遜還是說了出來。

「早坂同學妳是不是跟男生感情變好了？整體來說……」

我這麼說完，早坂同學嫵媚地露出了笑容。

「我呢，想克服自己不擅長應付男生的事。畢竟我總是因此給桐島同學添麻煩，還得到桐島同學的幫助對吧？所以才想努力讓自己習慣。為此我也開始在有很多男客人上門的地方打工了喔。」

早坂同學說就算自己被人打量身材，或針對這件事情開玩笑，她也打算當作自己的魅力來好好享受。

「然後啊，我開始漸漸覺得男生真是既單純又可愛耶。只要我笑著回摸他們的肩膀，他們就會非常興奮。」

「該怎麼說呢，這不就是……」

「是啊，這樣或許很危險，我或許會被人哄騙也說不定。欸，試著想像那時候的情況吧？」

我想像著早坂同學被年長的男人灌醉，跟他上床的情境。

「欸，你不願意嗎？不希望我跟其他男人發生什麼事嗎？」

雖然我不知道身為備胎的自己是否有資格說「不願意」，但我想，這種需要考慮對錯的幼稚階段或許早就過去了。

「說實話吧。」

「……絕對不願意。」

「那麼，只要讓我更喜歡你就行了。讓我喜歡桐島同學到快要壞掉的地步就可以了喔，你知道該怎麼做吧？」

我很清楚。只要我跟早坂同學有愈多的肢體接觸，她就愈會失控地喜歡上我。

「不用顧慮，照桐島同學喜歡的方式做就可以了。」

早坂同學踮起腳尖，在我耳邊輕聲說著：「這個房間沒有其他人喔？」

我將繞到早坂同學背後的右手伸進她的短褲裡，隔著內褲撫摸著她。

「這樣就行了。我是個笨蛋，所以光是接吻、牽手，就會變得非常喜歡桐島同學。要是被做了這種事，我一定會喜歡桐島同學到無法自拔的地步喔。」

她的那裡很快就濕了，即使隔著內褲也一清二楚。

早坂同學因汗水而濕潤的身體變得更加熾熱，帶著潮濕的氣息。

就像其他男人們一樣，我也會用下流的視線看著早坂同學。無論是運動之後泛紅的身體、露出的大腿，還是身穿制服的模樣都讓人垂涎三尺。

「沒關係的，桐島同學，想到什麼都能對我做喔。」

我不停撫摸著早坂同學被碰觸到身體就會發抖的部位，她將臉貼在我胸前，踮起腳尖壓抑著呻吟聲。

「桐島同學，你喜歡這麼做吧，為什麼？」

「我覺得這是早坂同學喜歡我的證明。」

實在很愚蠢。可是，我認為允許身體接觸具有這種含意。

「那麼，就得讓橘同學也看到，讓她感到嫉妒才行呢。畢竟我們就是這種關係嘛。」

早坂同學表情陶醉地放開我的手，再次走到窗邊。
我明白她打算做什麼。
我站在早坂同學身邊，再次從後方將手伸進她的短褲裡。
從外面來看，我和早坂同學看起來只像是並肩看著球場吧。不過，橘同學應該能從早坂同學陶醉的表情，明白究竟發生了什麼事才對。
不出所料，她在看了我們一眼後，表情明顯變得冷漠到從遠處也能看得出來。
而她即使和柳學長說話，還是會不時地回頭看著我們的方向。
「桐島同學、討厭、弄出聲音……太讓人害羞了……」
我一邊看著橘同學，一邊不停地撫摸著早坂同學。水聲響起，早坂同學漸漸地彎下了腰。我的手指伸進了她內褲的縫隙。
早坂同學喘著氣，橘同學的視線一直盯著我們看。
這種行為持續一段時間之後——
「桐島同學！討厭、已經、不行！不行、不、不要！」
早坂同學全身發著抖，雙手用力拍在窗戶上。
下個瞬間，球場上的橘同學用力地踢飛滾到她腳下的球，憤怒地撇過頭去。周圍的人似乎都嚇了一跳。
「……這樣就行了。」
早坂同學蹲在地上，她的臉上貼著一束被汗水沾濕的頭髮，用溫柔的表情說著：

「欸，桐島同學，共享真是開心呢。」
「是啊。」
我這麼說著。
同時覺得自己或許快要壞掉了也說不定。

◇

我跟橘同學一起走向車站踏上歸途。
在一場有中場休息的小型比賽結束後，橘同學這麼說著。
「傍晚我要上鋼琴課……就先回去了……」
我晚上也要打工，所以也決定趁這個時候離開。
早坂同學笑著對我們說：「辛苦了！」
在更衣室換好衣服來到電梯前時，橘同學也正好來到這裡。我們並沒有事先商量，我跟橘同學總是莫名地有默契，這次也是一樣。
小型比賽時是用猜拳來分隊的，我們理所當然地分在一組。
或許是血緣關係的影響吧，她的妹妹美由紀也跟我們同隊。
「小美由紀跑得很快呢。」
「因為她經常在跑步。」

「小型比賽輸了，她看起來很懊悔。」

「她小時候開始就很不服輸，腦袋也很頑固，麻煩得很。」

「感覺做事很認真呢。」

「——就說不要再提妹妹了。」

此時橘同學突然大聲說著。

「兩人獨處的時候不要提到別的女人！」

接著她立刻像是回過神來似的，將手放在額頭上說著：「抱歉，我好像有點失常。」隨後嘆口氣搖了搖頭。

之後我們默默地走了一會兒。

橘同學的情緒變得非常不穩定。

可是橘同學激動的語氣讓我有點高興。我很高興她對我和早坂同學做出那種事情感到嫉妒，又表現出這種平時不會顯露出來，但其實喜歡我的態度，很高興她願意對我生氣。

另外，現場也有一個人想要被發脾氣。

「司郎，你也有話想對我說吧？」

來到人煙稀少的路上之後，橘同學這麼開口。

「……老實地說出來吧，別裝模作樣了。」

但我還是沉默不語。於是橘同學用不像剛才那麼強硬，但有些不開心的語氣說著：「為什麼？」表情忿忿不平的橘同學看起來非常漂亮。

「我跟瞬感情變好了喔？雖然不知道為什麼，但就是沒辦法拒絕他……之前我對司郎和早坂同學說過，自己不明白有兩種喜歡的感覺是什麼意思對吧？但我現在可是有點理解了喔？」

橘同學原本是個完全不了解戀愛的新手，但在經歷各種事情之後，她終於也察覺到除了我以外的男人也有優點。

而她對柳學長抱持的，大概就是「第二順位喜歡」的那種感覺。

對於自己的變化，橘同學正感到困惑且混亂。

「妳也能跟學長牽手了吧。」

「……你知道啊。」

「就算知道，卻還什麼都不說呢。」橘同學眼裡閃動著藍白色的火焰說著。

「這樣好嗎？我明明是司郎的女朋友，卻快要變成對其他男人有意思的壞女孩了喔？你為什麼不生氣呢？是只要早坂同學在就夠了嗎？」

我很清楚橘同學希望我說什麼，但是——

「柳學長告訴我了。」

在離開室內足球場時，柳學長有些猶豫，但還是苦澀地對我說了。

『桐島，是你扭曲了小光。』

因為柳學長的關係，橘同學在踢室內足球時也會和其他男生交談。

『其實她是個更擅於社交的女孩子。』

或許真的是這樣吧。

因為小時候跟我的約定，橘同學不能被其他男人碰觸。她變得一旦被其他男人碰到就會不舒服，甚至嘔吐。這一點都不正常。因此柳學長做的事在某種意義上，也能說是將橘同學引導回正確的方向，但是——

「什麼扭曲不扭曲的，我根本不在乎。」

橘同學瞪著我說道。

「你跟早坂同學做出那種事，還在我面前展示。別那麼做，直接對我說啊。你很生氣吧？那就表現出來啊。如果是司郎，我不介意被打。如果覺得不開心，那就打我到心情變好為止吧。就算你拉住我的頭髮，我也不會抱怨。」

真是亂七八糟的說法耶，我心想。

不過我的想法的確跟橘同學說的一樣。我確實很生氣。只不過我不想承認這一點。不想承認自己正在生氣，不想承認自己像個娘娘腔一樣在嫉妒。

但是在橘同學咄咄逼人的表情驅使下，我終於吐露出自己隱藏起來的心情。

「妳為什麼能被其他男人碰了啊。」

「……對不起。」

「為什麼要隱瞞跟學長牽手的事？」

「…………因為怕被司郎討厭，所以不敢說。」

橘同學抓住了我外套的袖子。

「欸，你討厭我變得能被其他男人碰觸嗎？」

「嗯。」

「不希望我跟瞬感情變好嗎？」

「嗯。」

「明明有早坂同學在，真是任性呢。」

「不過這樣真的很棒。」橘同學笑容滿面地說著。

她身上的氛圍頓時改變，表情亮了起來。

「司郎想獨占我，讓我成為只屬於你的女孩子嗎？」

我點了點頭。自從踢室內足球的時候開始，我的心情就一直受到動搖，什麼都無法思考，導致我再次說過了以前說過的話。

「我連一根手指都不希望妳被其他男人碰。」

聽見這句話，橘同學露出開心的笑容抱住了我，用全身表現自己的喜悅。

「失去從容的司郎真棒，我最喜歡不顧他人的司郎了。」

橘同學一邊這麼說，一邊舉起自己的手讓我看，她戴著一雙看起來很暖和的手套。

「欸，司郎。現在是冬天喔，你真的完全沒發現呢。」

「難不成……」

「嗯，牽手的時候，我跟瞬都戴著手套。」

「瞬這種叫法也有點……」

「是呢。可以喔，之後我都叫他柳吧。直接叫名字的只有司郎。我變成了愈來愈符合司郎喜好的女孩子了呢。都是因為司郎的關係。」

橘同學開心地笑著說。順帶一提，他們會牽手似乎是因為柳學長說：「只能讓桐島碰會很不方便吧。」實驗性的試試看而已。

「不，可是在踢室內足球的時候……」

在做伸展操的時候，他們應該有碰到彼此才對。知道我為了這種小地方感到嫉妒，橘同學的情緒變得愈來愈亢奮。

「是啊，被摸了好多次呢。」

橘同學興高采烈地繞到我面前，打開我的外套，接著一顆接一顆解開我襯衫上的鈕釦，然後看著我襯衫內的情況盛大地——

吐了出來。

她嘔吐著，雖然眼角噙著淚水，但是看起來很高興。直到胃裡完全空掉為止，只見她接連不斷地嘔吐著。

我的胸口和腹部逐漸被溫暖的物體占滿。

「太好了呢。」

橘同學擦著自己的嘴角說道。

「看來我的第一和第二順位之間有很大的差距喔。」

結果橘同學依然是個無法被我以外的男人碰，被碰到看起來也沒事只是強忍，最後還是會吐出來的女孩子。

我嘆了口氣，看著自己的襯衫裡面說著：

「妳的愛情表現真是嶄新。」

第23話　回到那時候的未來

我正在冒著蒸氣的浴缸裡泡澡。

因為是運動過後，所以非常舒服。

這裡是橘同學住的高級大樓的浴室裡，浴缸大到能讓腳伸直，牆壁跟磁磚都亮晶晶的，甚至附有按摩浴缸。

橘同學吐完之後，我身上沾滿嘔吐物就這麼搭上計程車被帶到了這裡。橘同學的母親似乎一直到深夜才會回家，妹妹美由紀則是還在踢室內足球。跟我住的地方完全不同呢，我這麼想著。

這種高級大樓的高樓層從玄關開始就非常寬敞，放在盥洗室的家電也都是最新款的。

「司郎。」

盥洗室傳來呼喚我的聲音。

「換洗的衣服我放在這裡。」

是橘同學趁我在洗澡的時候買來的。

「謝謝。」

「不會，畢竟錯在我身上。那麼，慢慢來喔。」

我聞著入浴劑的薰衣草香氣，伸個懶腰放鬆身體。

因為覺得莫名的疲憊，我懶散地泡在浴缸裡，我基本上泡澡都會泡很久。

在那之後我離開浴室用浴巾擦拭身體，換上橘同學買來的衣服。那是一套很時髦的衣服，是她希望我穿的那種款式。

我吹好頭髮，穿過走廊走進橘同學的房間。

橘同學全身躺在一個大型靠墊上，玩弄著自己的頭髮。

「原本想邊看漫畫邊等待的，但一想到司郎在家裡就莫名地緊張……」

她是一副連帽衫搭配短褲的居家打扮，白皙的大腿和纖細的腳都露在外面。這裡有地暖設備，就算打赤腳也不會覺得冷。

順帶一提，玄關放著客用拖鞋和怪獸腳的玩偶拖鞋。在玄關脫掉鞋子後，橘同學很自然地穿上玩偶拖鞋。接著或許是因為幼稚覺得難為情，她立刻脫了下來，滿臉通紅地說著：「這、這是媽媽的。」但我覺得伯母還真冤枉，至少該說是妹妹的吧。

橘同學的房間乍看之下很成熟，但同時存在著稚氣。

窗簾和床單的色調統一，家具也很有設計感。但放在桌上的髮夾有著明顯的可愛花朵圖案。

「司郎，不要站著，坐下來吧。」

橘同學指著床鋪說。

「不，那裡是……」

「又沒有其他地方能坐。」

「書桌那邊看起來有椅子。」

「沒有其他地方了。」

橘同學自己也坐在床上並催促著要我坐在她身邊，看起來很害羞。不過，她畢竟是個戀愛新手，我想應該不會發生什麼奇怪的事，便也走到床邊坐下。

「果然兩人獨處比較好。」

橘同學靠到了我身上。這麼說來，感覺已經很久沒有像這樣平靜地兩個人待在一起了。

「剛剛真對不起，我抱怨了很多事。」

「我才該反省自己說話太粗魯了。」

「那麼，我們和好吧。」

橘同學說著：「衣服真適合你，好帥喔。」抱了過來，她似乎不打算做擁抱之外的事。

沒錯，橘同學本來就是會因為這種小事感到幸福的人。

她喜歡像是在家約會這種可愛的感覺，並不想像剛才那樣針鋒相對。所以，這樣就行了，這種時光能繼續下去就好。

「其實我一直都想誠實地說出一切。但是，總是無法變得坦率。」

「我知道，因為我也一樣。」

「小時候的我就很坦率。」

「大家都是這樣的。」

「所以，我想變回小學生。」

「嗯？」

「因為只要變回小學生，就能把我真實的心情傳達給司郎。」

「話題變得太快，我有點跟不上了。」

「司郎也想跟小學生的我說話吧？」

「這是假設？還是比喻？」

「不，是現實喔。」

橘同學站起身，從抽屜裡拿出了那個，她臉頰有點泛紅，害羞地遞了過來。

「妳在驚人的時機點拿出了不得了的東西耶！」

我忍不住脫口說出這句話。橘同學遞過來的——

沒想到是《戀愛筆記》。

那是一本由推理社的畢業生製作，記載了關於戀愛心理學和如何讓對象迷上自己的戀愛奧義書。製作這本書的人當初打算撰寫戀愛推理小說，卻因為太過憧憬戀愛，完成了這本只研究戀愛的筆記。順帶一提，這本書的作者智商據說有一八〇。

「妳是特地從社團教室拿回家的嗎……」

「嗯。」

看來她非常中意呢。而且那本筆記還是收錄了能讓男女感情增進的誇張遊戲，堪稱禁書的筆記。至今我們藉由這本筆記做出了各式各樣的自我破壞，我變成了一個只有在吃濕的巧克力棒時才覺得有味道的人，而橘同學有時候還會以為自己是隻小狗。

而這次，橘同學提議要玩的遊戲是——

『回到那時候的未來。』
遊戲的開頭說明是這樣的。
『你是否曾有過這種想法呢？如果我先遇到了最喜歡的那個人，或者是成為對方的青梅竹馬的話——』
也就是一種跟過去的那個人見面，並影響對方的過去而玩的遊戲。
當然，方法並不是坐時光機。我閱讀遊戲的說明文，更加理解這本書會被當作禁書的原因。
「這不就是單純的幼兒退化催眠嗎！」
用的是讓對象陷入催眠狀態，心智退回小時候的方法。
「現在開始我要變回小學時的小光里，司郎就對我下暗示吧。」
「妳說的話總是很危險耶。」
「我要讓自己絕對不能被司郎以外的男人碰，讓司郎在我身上留下誰都不准碰的暗示，就算變得看不見司郎以外的男人也無所謂喔。」
「不，做到這種地步也太……」
「是嗎，我就知道司郎會這麼想。」
「可是啊——」橘同學繼續說道。
「你不想見小學生的小光里嗎？」
「是想見啦……」
我們每次玩這種遊戲總是不會發生什麼好事，所以我煩惱著究竟該怎麼辦。這種事情不該輕易嘗試。當我想到這裡的時候——

「算了。」

橘同學站了起來。

「如果這麼不願意的話，我現在就把這本筆記放回學校。司郎不肯做的話，拿著它也沒有意義，我又不會跟司郎以外的人做，也不想做。」

她的側臉看起來非常寂寞。

橘同學大概是想透過這個遊戲和我一起無憂無慮地玩吧，畢竟最近我們的關係總是十分緊張。但由於被我拒絕，橘同學看似隨時都會哭出來，見到這種情況，我的身體反射性地有了動作。

「嘿等等！」

我繞到橘同學面前，用繩子穿過五元硬幣使其吊在半空中。

「啊哈。」

橘同學很開心似的露出笑容。

「我就喜歡司郎這一點。」

「我可不會下暗示喔。」

「知道了。」

只是稍微玩玩看而已。我也想跟小學時的小光里見面，因為我就是在小學時喜歡上橘同學的。

「來玩吧。」

「嗯，試試看吧。」

回到那時候的未來。
我們開始嘗試這個遊戲

◇

首先由我測試退化催眠是否能夠成功。老實說，我對催眠之類的東西抱持著非常懷疑的態度，也認為到頭來什麼都不會發生。
但畢竟凡事都得嘗試。總之我們先在橘同學房裡的床上面對面坐著，橘同學用鴨子坐姿坐在床上的模樣十分可愛。
為了容易進行催眠，我們先進行了好幾種聯想遊戲——
「司郎現在開始變回嬰兒、變回嬰兒。司郎是嬰兒、嬰兒。」
橘同學將五元硬幣吊在我眼前，開始搖晃。
真受不了，選擇變回嬰兒實在過於極端，而且退化的程度也太遠了，完全不覺得能夠成功。
「變成嬰兒的司郎會把我的大腿當成枕頭躺上來，躺上來。」
嗯啊嗯啊，我想這只是橘同學憧憬在自己房間躺大腿的情境吧。不過，我很樂意實現她的願望，而且我確實也想躺在她那白皙的大腿上吧噗。
「很好很好，司郎是個乖孩子捏～」
喂喂，可別太讓我嗚哇嗚哇吧噗吧噗了。

「平時的司郎要是也這麼坦率就好了呢。」
「嗚呀？」
「司郎，我喜歡你喔。好乖好乖。啊，不可以吸手指，不乖！」
「呀、呀。」
吧噗啊啊啊啊嗯～
「司郎真是愛撒嬌呢。」
「嗚呀～？」
「要喝牛奶嗎？」
「嗚呀、嗚呀。」
「要是有買奶瓶，準備嬰兒用品就好了。」
嗚呀啊啊啊啊嗯～
「不過，果然還是我變成小孩子撒嬌比較好呢。」
「吧噗～」
「小學時的我被司郎拚命惡作劇的感覺一定很棒。因為只要拍手就會恢復原狀，所以就算強硬一點也沒關係。記得多對我惡作劇，說好了喔，司郎。」
「嗚呀啊啊啊啊啊嗯。」
吧噗呀啊噗噗吧噗。
「不過在那之前，畢竟機會難得，就稍微加點暗示吧。」

「吧噗？」

「司郎一旦看到雙馬尾就會變得亢奮、變得亢奮。」

「哦、哦呀～！啊噗吧噗～！」

「司郎一旦看到學校泳裝就會變得非常亢奮、變得非常亢奮，然後就會想要惡作劇、想要惡作劇。」

「呀啊～！哇呀～！」

「好了，司郎恢復原狀吧！」

呀啊噗噗～！

「啊！」

我的意識迅速浮出水面，我剛剛在做什麼？為什麼會躺在橘同學的大腿上？更重要的是，總覺得自己之前處在一個非常難為情的狀態……

「難不成，催眠成功了？」

「你看時鐘。」

「……過了滿久的耶。」

「那麼，接下來換我了，我當小學生就行了。」

「我稍微做點準備。」橘同學說完後走出房間，接著手指上套著兩個髮圈回到房間裡。

「這樣比較有氣氛吧？」

原本還在想是哪方面的氣氛，但就在橘同學用髮圈綁成雙馬尾的瞬間，我的腦袋深處突然熱了起來，接著不知為何感到興奮。

「怎麼了？」

「不、沒事，沒什麼。」

為什麼呢？我非常想對眼前的橘同學惡作劇。

我一邊壓抑著這種沒來由的衝動，一邊開始搖動五元硬幣。

「橘同學會回到過去，變回小學生、變回小學生。」

橘同學的眼睛立刻變得帶有睡意，雙眼慢慢地地閉上。接著在下次睜開眼睛時，她的表情變得非常稚嫩。

然後，小光里（小學生）用撒嬌般的聲音說著：

「……司郎哥哥。」

於是，「回到那時候的過去」正式開始。

◇

「我肚子餓了！」

小光里（小學生）這麼說著，拉著我的袖子將我帶進廚房。

會肚子餓也很正常，畢竟她全部吐在我衣服上了。

「幫人家做點什麼吧～」

「小光里是個什麼都拜託媽媽做的孩子呢。」

「小光里有祕密的食物喔！是媽媽不知道的東西！」

她這麼說著打開了餐具櫃角落的門，裡面堆放著大量的泡麵。清楚地展現出光里（高中生）懶散的性格。隨後為了讓小光里（小學生）吃些比即食食品更營養的食物，我借用了幾種冰箱裡的食材，製作了簡單的沙拉和炒蛋。

「還要加醬汁跟美乃滋～」

小光里是吃炒蛋要加醬汁跟美乃滋的人。她將食物端到客廳，大口大口地吃了起來。我坐在一旁看著她，並不時地用濕紙巾擦掉沾在她嘴角的醬汁和美乃滋。

「滾來滾去～」

自由奔放的小光里吃完後就跑回自己的房間裡躺在床上。因為她要求我陪著她，我便以陪睡的姿勢靠在小光里身邊。

真是不可思議。明明身體和手腳完全就是個十六歲的高中生，但她的動作、說話方式和表情看起來就像真正的小學生一樣。

「光里我、光里我啊！」

小光里緊緊抱著我說道。

「不只喜歡司郎哥哥，也變得喜歡柳哥哥了。」

「別說得這麼明白啦。」

「不過光里還是比較喜歡司郎哥哥，喜歡到不得了喔。」

「謝謝妳。」

「可是，可是啊。因為也會想到柳哥哥的事，腦袋都要變得不正常了。明明只想在意司郎哥哥一個人的說。」

小光里不愧是個小學生，任何事都會老實地說出來。

「司郎哥哥不喜歡這樣的光里了嗎？已經不喜歡了嗎？」

「沒那回事喔。」

確實，她如果能一直只喜歡我一個，我會比較開心。但我想那大概是不切實際的。我認為注意到許多人的魅力，對各式各樣的人抱持好感是非常自然的事。

「不過再這樣下去，司郎哥哥會喜歡上早坂姊姊吧？比起光里，更會選擇早坂姊姊吧？」

「不，這個嘛……」

當我思索著該怎麼回答的時候，小光里看著自己的手叫了一聲：「啊！」

「得剪指甲才行。」

小光里說完後便快步跑出去，拿了把指甲刀又回到房裡。這種毫無脈絡可循的行為，果然是小學生。

「幫我剪～」

我坐在床上，讓小光里坐在自己的腿上，開始幫她剪指甲。

她伸直手指老實地待著不動，真是個好孩子。

剪指甲的聲音規律地在房內響起，小光里看起來一臉想睡的樣子。

小光里是個無法獨自準備食物、睡覺、剪指甲的孩子。我必須照顧她、保護她才行。一想到這裡，就覺得她非常可愛又惹人憐愛。

總覺得明白了光源氏是用什麼心情看待若紫的。

我小心翼翼地剪著她的指甲。我必須跟著這孩子，保護她才可以。

我用畫出橢圓似的角度剪下她左手小指的指甲。

她的手指非常漂亮。白皙、纖細又修長，就像陶器一樣。不愧是一雙有在彈鋼琴的手，手指沒有多餘的贅肉，非常精緻。修剪指甲就好像是在替藝術品做最後的加工一樣。

注意到手指之後，她就不再是小光里了。

而是變回了橘同學，表情看起來也有些成熟。

沿著無名指、中指、食指的順序剪完之後，我輕輕地撫摸著她的手背直到指尖。

「被這樣摸，好舒服喔。」

橘同學倚靠在我身上閉起眼睛。

左手剪完後，接著是右手。

「這樣好棒。有種被深深愛著的感覺。」

橘同學陶醉地說著。我在想——

究竟有多少人曾經替自己心愛的人剪過指甲呢？這是一種塑造形狀、描繪輪廓，也是非常崇高的行為。

剪完十根手指的指甲後，我已經被橘同學美麗的手指給迷住了。

但是，光用剪的是不夠的。

我用搓刀的部分磨著橘同學的指甲，慢慢塑造出形狀，藉此平順地描繪出愛的輪廓。

「這樣讓人感覺好平靜……」

橘同學將整個人交給了我。橘同學，妳真是個厲害的女孩。總是會讓我注意到自己從未發現的世界。這個遊戲大概就是為此存在的吧。

我一邊留意著不傷到皮膚地磨著她右手的食指，一邊這麼想著。

只注意女人長相或胸部的人都是三流。女人最美麗的部位是手指。而我正在修整那美麗的尖端，感受著世界。修整指甲乃是通往天堂的大門，是文藝復興、是福音、是天地創造，是活著與相遇——

我像是著了魔似的磨著指甲。當十根指甲都結束後，我讓橘同學坐在床上，自己跪了下來抓著她的腳，再度描繪著愛的輪廓。

橘同學伸出腳。我用左手恭敬地握住她的腳背，用右手剪起趾甲。

我跪在橘同學面前的同時，也跪在了愛情面前。

修整所愛之人身體的輪廓，還有比這更棒的行為嗎？

拇趾、食趾，接著是中趾。我一邊感謝著橘同學誕生在這世上一邊剪著趾甲。低俗的欲望和肉慾逐漸消失。

這就是，真正的愛——

不能剪得太短以免受傷，但也不能留得太長導致趾甲裂開。這考驗著對對象的關心。

需要的是集中力，以及付出一切的愛。

修剪完腳趾甲之後，我有一股自己完成了某種高尚事物的成就感。然後我懷著感謝的心情，用臉蹭著橘同學的腳背。

這個遊戲已經可以在此劃上句號了。

只要將美麗的手指這個新世界的魅力，以及高尚的愛的殘影烙印在我心中——

當我這麼想的時候。

「對了！」

小光里踢開我的臉站了起來。

「要去洗澡才行！」

「洗澡？」

「因為光里明明運動了，卻還沒有把汗沖掉嘛。」

踢完室內足球後，我的確去洗了澡。但橘同學卻沒那麼做。對此我雖然覺得不太對勁，但她該不會一開始就算好了吧。

「那個、小光里，難道說……」

小光里露出天真無邪的表情說著：「嗯。」

「光里，睜不開眼睛沒辦法洗頭髮。所以，司郎哥哥要幫我洗喔！」

◇

真是的，橘同學真是個策士。

身為戀愛新手的她很容易害羞，所以無法主動進攻。不過仔細想想。羞恥心其實會隨著人的成長而增加。那麼只要真的變回小孩，就沒有什麼好害羞的。

也就是說，這個遊戲完全是橘同學的引誘。

是「強迫我做些平時做不了的事情吧」的訊息。

「萬歲～」

小光里在廁所舉起雙手，讓我幫她脫掉身上的連帽衫。

「幫我全部脫光！全部！」

因為她開始鬧脾氣，我無奈地也幫她脫掉了吊帶背心和短褲。露出的內衣是有著草莓圖案的幼稚款式。她還是老樣子會在奇怪的地方注重表現的水準耶。

另外，那修長白皙的手腳，完全就是個十六歲的高中生。

「剩下的妳能自己脫吧。還有，我會幫妳洗頭，所以要好好用浴巾之類的東西遮住身體喔。」

「嗯，因為司郎哥哥看到光里的裸體會害羞嘛！」

「就是這樣。」

「準備好之後再叫你喔。」小光里這麼說完，抓著一條類似白色毛巾的東西走進浴室。

我也趁這個時候脫掉衣服，把浴巾圍在腰上。

話說回來，橘同學還是誤算了。雖然她大概是打算是想讓我對她做出亂來的事才營造出這個情境，但我對小光里（小學生）抱持的感情是高尚的愛情。

當然不可能對小光里（小學生）做出那種行為。當我帶著這種想法，回應小光里的呼喚走進浴室的時候——

腦袋變得一片空白。

眼前是白色的學校泳裝。

「為什麼穿這個？」

「因為司郎哥哥要我遮住身體啊。」

名牌布上用平假名寫著「橘」這個字。話說回來，這肯定是特地準備的吧。從她把《戀愛筆記》帶回家之後，她就已經完全做好準備了吧。

而且不知為什麼，明明原本完全沒有那種興趣，但我在見到頭髮綁成雙馬尾，身穿學校泳裝的小光里（小學生）之後，內心就變得非常亢奮。心中湧現想要觸摸她的身體，將手伸進她泳裝裡亂來的衝動。

「司郎哥哥，可以喔……」

小光里打開蓮蓬頭，開始用熱水淋濕身體。學校泳裝的表面開始浮現光澤。

「如果是司郎哥哥的話，光里就算被惡作劇，也不會告訴媽媽和老師喔。」

小光里講出了不得了的話。她的內在果然還是橘同學。即使心智年齡變小，但記憶領域依然保留了下來，因此才會故意挑逗著我。

たちば

「教光里玩大人的遊戲吧。盡量對什麼都不懂的光里惡作劇，做些不該做的事，讓光里變成司郎哥哥的女孩吧。」

這是種禁忌的遊戲。被一個雖然是小學生，但身體完全是十六歲的女孩要求惡作劇。這似乎很不應該，但好像又沒問題。我的腦袋變得一片混亂。但我想這麼做肯定非常舒服。

所以，我決定撫摸她濕潤的肌膚和泳裝，不過就在這個時候。

「啊！」

小光里像是想到什麼似的，渾身溼答答地跑出了浴室，接著很快就跑了回來。她的手上拿著牙刷和牙膏。

「得刷牙才行！」

看來橘同學似乎是個會在洗澡時刷牙的小學生。

「幫我刷～」

「那麼，過來吧。」

我在椅子上就坐，讓小光里坐在我的腿上。她將手放在我的脖子後方，擺出公主抱的姿勢。我用左手托住小光里的頭，右手拿著牙刷開始幫她刷牙。

妳失算了呢，橘同學。為了拋棄羞恥心變成小孩是無所謂，但正因為是小孩所以純真，行為難以捉摸，因此也會偏離她的計畫。

「我要刷最裡面的牙齒，嘴巴張大一點。來，啊～」

「啊～」

跟剪指甲的時候一樣，我再次一顆一顆地刷著牙。這也是一種描繪愛情輪廓的行為。我想問問世上的人，你們雖然一直說著喜歡，但那個喜歡是真實的嗎？如果真的喜歡那個女孩，那麼你們了解她的什麼呢？我無論是牙齒的形狀，還是指甲的長度都一清二楚，還描繪著她的輪廓。各位，這就是愛。

我找回了高尚的愛，細心地刷著小光里的牙齒。但是——

「司郎哥哥，也幫我刷舌頭。」

「小光里是個會刷舌頭的小學生嗎？」

「影片上說有益健康，所以橘姊姊最近很著迷喔～」

喂，不要擅自分裂人格說話。

「不過我沒刷過舌頭，技術可能很差喔。」

即使如此，小光里還是說了「沒關係」。於是我將牙刷放在她的舌頭上，試著刷了幾下。因為是新手不懂得分寸，將牙刷放得太深，使小光里吐了出來。

「小光里，抱歉。」

「不會，這樣很正常的。而且啊，每次光里被司郎哥哥欺負的時候，都會覺得很舒服喔。」

她用陶醉的表情這麼說著。

我再次刷著她嬌小的粉紅色舌頭。每當刷到深處時，小光里都會嘔吐、腹部收縮、眼角浮現淚光。但是，她看起來似乎很高興。

「我肚子下面的地方啊，會突然縮起來喔。每當那個時候，我就會變得非常喜歡司郎哥哥。」

妳、妳、妳這色情小學生（十六歲）！

如同橘同學所設計的，我的理智完全斷線，一切都如她所料。

我不斷將牙刷塞進她的喉嚨，每當我這麼做，橘同學的身體都會產生反應。我將蓮蓬頭的水開大，粗暴地沖洗她的嘴巴。橘同學發出了宛如溺水的聲音並開始咳嗽，但她的表情卻非常陶醉。

我用手指撈起橘同學大腿滴落的水珠。

「光里，這是什麼？不是水吧？」

「對不起，我是個下流的女孩。對不起，我是個壞女孩。所以來懲罰我吧。司郎哥哥，請你懲罰我吧。」

不光是懲罰，我們必須清洗彼此的身體和頭髮才行。畢竟她可是橘同學，肯定在所有行為中都準備了會感到舒服的方式。

「全部都可以喔。司郎哥哥可以做所有想到的壞事喔。」

「可以嗎？」

她肯定想像了接下來會發生什麼事吧。

橘同學滿臉通紅，有些害羞地點了點頭。

「真是個非常淘氣的小學生呢。」

關於之後對小光里（小學生）做出的充滿愛的紳士行為，我無法在這裡詳細說明。

無論如何，真是棒極了。

◇

我在橘同學的房間裡吹著她的頭髮。

她在浴室裡由於太熱而感到暈眩，之後又發生了一些事導致她現在根本站不起來。我勉強讓她換上家居服坐在靠墊上，我在背後用吹風機幫她吹著頭髮。

當然，我們好好反省了一番，決定以後禁止玩那個《戀愛筆記》的遊戲。就算還要再玩，也不准事先做準備。

「不過，真厲害呢。」

被溫暖的風吹著，橘同學很舒服似的瞇起眼睛。

「被司郎當成洋娃娃玩弄了。」

「那全部都是愛喔。」

「隨意擺布年幼無知的我，感覺怎麼樣？」

「只是照顧而已。」

「洗腋下時做的那個……就算是我也……」

「什麼都別說了……」

「之後要不要也讓小光里（小學生）繼續登場呢。」

「不，那不行吧。」

「約會的時候，你想帶小光里（小學生）還是狗光里呢？」

「真驚人的二選一啊。」

不過，橘同學開心是最重要的。畢竟她最近變得很不穩定。

「比起這個，司郎你對我下了什麼暗示？」

「什麼意思？」

「那個……從剛剛開始，每次被司郎的手碰到，我就會……」

「啊啊，那個啊。」

洗澡的時候，小光里問我：「為什麼被司郎哥哥洗身體會很舒服呢？」這是由於讓人洗頭髮或按摩肩膀的確會比較舒服。但我卻說著：「因為被司郎哥哥摸會很舒服啊。」下了不得了的暗示。

「我變得只要被司郎摸就會覺得很舒服嗎？這、這樣不行啦！」

橘同學罕見地慌張了起來。

「因為，我本來就……」

沒錯，她的肌膚本來各方面就很敏銳，非常容易有感覺。

「可是，橘同學也對我下了奇怪的暗示吧？」

「……我什麼都沒做喔。」

橘同學若無其事地別開視線，不，她肯定有做什麼吧。

「要是不說的話，我就這麼做喔。」

「慢著，司郎！」

我從背後緊緊抱住橘同學。她雖然扭動身子進行抵抗，但立刻就變得安分。不停摩擦著自己的大腿。

「司郎，不行啦……內褲、才剛換新的而已……」

「妳對我做了什麼？」

「那個——」

橘同學說出了對我下的暗示內容，雙馬尾和學校泳裝。

「那樣我不就變成罪犯了嗎！快點解除暗示！」

「……知道了啦。」

被我抱在懷裡的橘同學一邊吐出甜美的氣息，一邊把手伸向桌子。但是她拿起來的不是五元硬幣，而是髮圈。並且又將自己綁成雙馬尾。

「喂。」

「我會好好解除的。」

但是，橘同學抬起下巴，露出像是在拜託的表情。

「在上課前，我還有一點時間喔……」

此刻剛洗完澡、肌膚帶著濕氣、身體溫暖的橘同學正在我懷裡。

而現在的她，變成了一個光是被我抱住就必須更換內褲的女孩子。

「……我也還有點時間才要去打工。」

「那麼，雖然我還是因為害羞做不到最後，但在解除暗示之前，再稍微……」

「說得也是……」

我們互相點了點頭。

「小光里……」

「司郎哥哥……」

帶著得到平時無法得到的快感的預感，我們彼此的嘴唇愈來愈近。

但是，在我們即將接吻之前。

「我回來了～」

這樣的聲音傳來。

「咦？姊姊妳自己做料理了？怎麼回事？」

腳步聲從廚房朝我們這裡靠近，速度非常快，房門立刻被毫無忌憚地推開。

出現的人是橘同學的妹妹，小美由紀。

「因為覺得妳是肚子餓才鬧脾氣，我在便利商店買了便當——」

見到我們抱在一起，小美由紀手上的便當掉在地上。

接著稍微呆站了一會兒，最後用非常冷淡的表情說著：

「姊姊，那是我的髮圈。」

◇

這次我們終於回過神來。
暗示也透過再次變回嬰兒和小學生解除了。
現在，我們兩人一起在地鐵的月台上等著電車。
我準備去打工，而橘同學則是為了去上鋼琴課。
「被妳妹妹討厭了呢。」
小美由紀當然知道姊姊和柳學長訂婚的事，因此才把我當成了小王吧。她充滿敵意地說著：
「我討厭這個人。」
「無所謂。」
橘同學露出一副不太在意的表情說道。
「無論妹妹怎麼想，跟我的心情都沒關係。」
「妳們關係不會變差嗎？」
「要是美由紀對司郎感興趣，不停黏著你的話我們才會吵架。」
「比起這個——」橘同學說著。
「結果司郎你還是沒有對我下暗示呢。明明可以讓我絕對無法被其他人，或是柳觸碰的說。」
「是無所謂啦。」橘同學淡淡地說著。情緒不像剛剛那麼強烈，語氣非常平靜。
「司郎，你很害怕對他人造成影響呢。」
「這個……」
「你在想自己能不能負責對吧。」

沒錯，我總是會去思考她家庭的狀況，以及對將來的影響。

「那麼司郎，最後果然還是會選擇早坂同學呢。」

橘同學沒有看著我。

「選擇早坂同學的話，既能和柳妥協，也不會對我的將來造成影響。」

只要繼續共享，最後我們終究會從高中畢業，屆時橘同學因為履行婚約而脫離共享。這就是維持現狀的其中一個結果，我也不是沒考慮過。

「包含聖誕節，你反正也要跟早坂同學一起過吧。」

「關於這件事。」

最近我們都在為了聖誕節做各式各樣的準備。沉浸在名為共有的亢奮情緒中，而忽略了許多事情。但是，差不多也該是時候正視現實了。

「橘同學，聖誕節從一開始就不可能吧。」

聽我這麼說，橘同學的側臉變得更加冷漠。

沉默是肯定的證據。

沒錯，我從一開始就知道，這是早就決定好的。我不可能和橘同學過聖誕節。

這是因為橘同學她——

「聖誕節，妳要跟柳學長一起過吧。」

第24話 美麗的修羅

某個週末下午，我被國見小姐找出去，來到位於上野站附近的立飲酒吧。

牆壁上貼著字跡凌亂的菜單，酒桶上面放著的板子充當桌子，賽馬中繼的實況跟喧囂聲成了背景音樂。

「大白天就喝啤酒，真是典型的墮落大學生。」

「桐島也來喝怎麼樣？」

「不行，我還是高中生。」

「真是個小鬼耶～」

我原以為立飲酒吧是屬於大叔的空間，但像國見小姐這種花俏的女孩子單手拿著酒杯吃起串燒的樣子也令人覺得有模有樣的。

「來玩內臟遊戲吧。」

「那是什麼？」

「桐島，張開嘴巴閉上眼睛。」

當我照著她說的閉上眼睛之後，嘴裡被立刻塞進了從烤串上弄下的肉。原來如此，是這麼回事啊。我用舌頭摸索這塊肉，嚼一嚼吞下肚之後回答：

「胃。」

「答錯了～是牛心～」

接著她不斷將肉塞進我嘴裡，牛大腸、牛小腸、臉頰肉、第二胃，我試著隨便說了幾個答案，但全部都沒猜中。

「唉呀，真是困難耶。畢竟醬汁的味道很重，而且我本來就搞不太清楚內臟了。」

「那麼，這是最後一個。不可以咬，用舔的猜出來。」

我再次閉上眼睛，被放進嘴裡的是──

「什、這不是國見小姐的手指嗎？」

「猜對了。」

國見小姐一邊大聲笑著，一邊用我的衣角擦著手指。

「我很喜歡製作遊戲～」

據說她會跟大學桌遊社的人一起自行製作遊戲。

原以為她只是個勤奮的實習酒保，是個會在吧檯大口大口喝著酒的人，所以聽到她談論大學生活的話題感覺非常新鮮。

「比起這個，妳打算吃到什麼時候？我可是因為妳說貓走丟才來的喔。」

「我家的貓很有活力，要是不吃飽一點是抓不到牠的喔？」

「話說回來，真虧妳知道我的號碼呢。」

「是從打工的緊急聯絡網知道的。」

「這樣做不太好喔。」

「桐島真死板耶～」

國見小姐似乎獨自住在這附近的公寓裡。而她飼養的貓從房間裡逃走了，所以她聯絡我，希望能一起幫忙抓貓。

「這不是挺好的嗎，剛好可以當作轉換心情。」

「妳講得好像我被逼到走投無路似的。」

「畢竟是事實啊。你打工排了那麼多班，刻意弄得這麼忙。」

國見小姐舉起空酒杯，又點了一杯啤酒說著：

「你很煩惱吧？是胸部大的？還是腳很漂亮的那個？」

國見小姐知道我們的情況。

我在打工時跟她講過這方面的事。因為國見小姐很好聊，又是個在我們人際關係之外的人。

「桐島，你最近有照鏡子嗎？」

國見小姐拿起放在桌上的新酒杯，喝了一口說道：

「臉色很難看喔。表情很憔悴，感覺快要到極限了。」

◇

我很清楚自己最近很憔悴，沒什麼食慾，也不太想吃東西。

人在不知道該做什麼的時候，就會非常混亂。

我跟橘同學不可能一起過聖誕節，自從我點出這件事之後，橘同學就明顯變得非常失落。

她不再來到我所在的教室。下課時間去看她的情況時，也只見到她鬱悶地趴在自己的座位上。

每當班上有人談到聖誕節的話題時，她就會抬起頭充滿哀怨地看著對方。而我甚至覺得橘同學憔悴的表情也很美。

但是，發生了一件表示橘同學已經到瀕臨極限的事。

那件事是午休時在舊音樂教室發生的。

橘同學彈著鋼琴，我在她身邊坐在同一張椅子上看著她。橘同學彈得很流暢，不過最後卻停下動作，趴在琴上。

「我聖誕節不能跟司郎在一起，不是為了跟柳一起過喔。」

「我知道，是要參加鋼琴比賽吧。」

橘同學參加的鋼琴比賽連續在二十四日跟二十五日舉辦，兩天她似乎都要分別彈奏指定曲和自選曲。

然後，他們會在二十五日晚上直接舉辦鋼琴相關的朋友和其家人的聖誕派對，柳學長則是以未婚夫的身分參加這個派對。

「司郎要來看鋼琴比賽嗎？」

這麼問之後，橘同學隨即無力地說著：「不行吧。」

橘同學跟鋼琴相關的人際關係完全是我不知道的領域。她在那裡有許多朋友，而柳學長被介紹成橘同學的未婚夫。沒錯，這些都是學長告訴我的。

「…………我要不要放棄鋼琴呢。」

「咦？」

「要是放棄鋼琴，就不用參加比賽，也能去上普通大學。這麼一來就能跟司郎一起就學了。」

「這個……」

「沒錯！就這麼辦！」

橘同學的表情突然變得開朗了起來。

「我完全不會念書嘛！所以司郎願意教我吧？要是每天都能在圖書館裡一起念書，絕對會很開心的！」

「不，橘同學……」

雖然我不懂專業的東西，但橘同學的鋼琴技巧已經達到了能把演奏會鋼琴家當成現實目標的水準，我想這應該非常厲害。考慮到她以前花在鋼琴上的時間，我無法隨便開口要她放棄。

所以我說出了：「妳還是繼續彈鋼琴比較……」這種話。

就在這個瞬間。

橘同學將左手放在鍵盤上，右手像是在砸東西一樣抓住琴蓋用力蓋上。

沒有任何猶豫和留手。

但她的左手並未被夾到。

因為我伸出右手擋了下來，我的右手被夾住，發出了沉悶的聲音。

橘同學驚訝地看著我，然後立刻用雙手抓住我的右手。我的右手變紅，開始腫了起來。

「對不起……司郎……對不起……」

橘同學低著頭說。她的長髮垂了下來，我看不見她的表情。

我並不覺得手有多痛。比起這個，更讓我難受的是總是說著「無所謂」控制著自己的橘同學變成了這樣。

「軟弱的人是我呢。」

橘同學藏住表情這麼說著。

「我變得有點喜歡柳，也沒辦法無視家裡的情況。」

「我從來不覺得這是錯誤的喔。」

橘同學在意的並不是自己的生活、或是藝術大學很花錢。她真正重視的是母親的企業，以及跟企業相關的人們。要是企業規模縮小，對僱用的員工也會有影響。

「當開始對柳產生好感的時候，我曾想過就這麼跟柳在一起也不錯，覺得『這樣很輕鬆』、『一切都能圓滿結束』。」

「這樣很差勁吧。」橘同學抱住了我的手。

「為了不再迷惘，自己能一直愛著真正喜歡的人——」她接著說出了那句話：

「欸，司郎。弄壞我吧，把我完全、徹底地弄壞吧。」

事情發生後又過了幾天。

這天晚上，柳學長造訪了我家，一樣是在上完補習班之後。

老媽因為久違地見到柳學長十分開心，而知情的妹妹則說：「這是什麼狀況？」露出驚訝的表情看著我。

「我把小光弄哭了。」

走進我房間後，柳學長坐在椅子上這麼對我說著。據說是在婚約夫妻定期舉行的餐會上，橘同學無聲無息地哭了起來。當天學長似乎立刻送了她回家。

「不過，我不會放棄。她的眼淚並不是因為討厭我才流的。」

正如學長所說。橘同學意識到自己對學長開始有了好感，對不專情的自己感到了困惑。

「偷偷摸摸實在很難受，堂堂正正反而輕鬆得多。」

柳學長說著，在桌上放了一張明信片。

「這個是……」

「二十五日聖誕派對的邀請函。」

我看了明信片的背面，會場是位於都內的飯店大廳。

「小光有你不知道的一面。」

「我知道。」

這就是存在於我和橘同學之間的差距。是我在前陣子窺見到她的日常生活習慣，以及她的鋼琴才能帶來的未來性。橘同學總是隱瞞這件事，假裝自己是個普通的女孩陪在我身邊。

「小光開始對我有好感了。要是她願意面對這個感情，那這場婚約就不再是個不幸。」

柳學長是這個意思。考慮到橘光里的未來，能讓她幸福的人是自己，所以她應該跟學長在一起。為了讓我知道並接受這件事，學長邀請我參加聖誕派對。然後——

「請把橘光里讓給我。」

學長這麼說著，對我低下了頭。

◇

「好想要男性朋友喔～」

國見小姐這麼說著。

我們兩個正在上野公園裡尋找逃走的貓。現在雖然是冬天，但陽光非常暖和。公園裡有著攜家帶眷的人、正在畫圖的人、或是在表演的人，非常熱鬧。

「比起這個，那是隻怎樣的貓？」

「是隻很胖的三色貓。」

雙手插在口袋裡到處亂晃的國見小姐看起來很開心。

「男性朋友真的很難找耶，每個人都會打小算盤。」

據她所說，我在這方面很令人安心。

「畢竟是個跟女朋友都不敢做的膽小鬼嘛。」

「還真是對不起喔。」

「還有，桐島你長得有點像我高中時喜歡的男生耶，可以把頭髮弄成旁分看看嗎？」

「我才不要。」

我們漫步在公園裡找著貓。在這段路程中，我把自己和早坂同學、橘同學和柳學長的事一五一十地告訴了國見小姐。

我並不期待能得到建議，實際上，國見小姐也沒有對我說出任何像是說教的話。只是說著「真不妙」並津津有味似的聆聽著。

在說的過程中，我感覺到自己的心情逐漸變得輕鬆。溫暖的陽光和在公園散步的人們笑聲實在讓人很愉快。像這樣待在寬敞的地方和許多人待在一起，使我覺得自己的煩惱只不過是件小事。

接著在國見小姐的建議下，我們去參觀了美術館和博物館。

「總覺得很有知性耶。」

「我可是在大學接受高等教育喔？你應該更尊敬我一點。」

我們只是在展示品旁玩鬧似的閒晃著，我還在原始人的人偶面前做出同樣的姿勢，並被哈哈大笑的國見小姐用手機拍了下來。

大致玩過一遍之後，我們再次開始找貓。

我們單手拿著裝咖啡的紙杯，坐在長椅上等著貓經過。

「桐島，來玩幸福遊戲吧。」

「那是什麼？」

「輪流說出能讓人感到幸福的詞彙，要是說不出來會被彈額頭喔。」

「這是妳剛剛才想到的遊戲吧？」

「是啊。」國見小姐一邊說著，一邊擅自開始了遊戲。

「冬天早上的棉被裡面。」

「沒有任何皺褶的白襯衫。」

「大喝一場之後的首班電車。」

「削尖的鉛筆。」

「香蒜炒蝦子扇貝。」

「空無一人的寧靜圖書館。」

我們懶散地不停消磨著時間，不過那隻貓並未出現。經過我們眼前的只有帶著孩子的家庭、情侶和藝術大學的學生。除此之外就是鴿子了。

當天色逐漸黯淡的時候。

我向正在用手機看漫畫的國見小姐問道：

「我們要找的是怎樣的貓啊？」

「是一隻很瘦的黑貓喔，很有氣質的那種。」

國見小姐的手機畫面上正好有個俄羅斯藍貓的格子，真是的。被我用不滿的眼神盯著看，國見小姐「哈哈哈」地笑了出來。

「打從一開始就沒要找貓對吧。」

「你終於發現啦。」

「那麼，今天不就真的只是在浪費時間而已？」

「這不也挺好的嗎。桐島，你的臉色看起來好點了喔。」

「是因為我沒精神，國見小姐才找我來的嗎？」

「畢竟你看起來很憔悴嘛。好好吃點內臟、曬曬陽光、懶散地坐在長椅上，應該稍微輕鬆一點了吧。」

看來國見小姐從一開始就是這個打算。因為看不下去我煩惱疲憊的模樣，為了讓我轉換心情才邀我出來的。

不過，我很好奇國見小姐為何要這麼做。她的做法以照顧後輩來說非常多管閒事，而且我也不認為她是個會擔心別人的人。聽我這麼問，國見小姐很尷尬似的搔了搔頭。

「我覺得自己對你們的戀愛有點責任。」

「為什麼國見小姐會覺得有責任？」

「其實我跟桐島你並非完全無關呢。」

聽她這麼說，我陷入了沉思。我既沒有失散多年的姊姊，也一直過著和自己頭髮內側染成粉紅色，身上戴著許多耳環的時尚人士沒有關聯的生活。

「請給點提示吧。」

「說得也是。我認為桐島和早坂同學的關係並不是單純的接觸效果，而是自我揭露的深度循環，這麼說你聽得懂嗎？」

讓對方知道自己的私人情報是一種明顯表達好感的方式。像這樣藉由將平時不會說出的事情告訴對方，對對方的好感會將會不斷循環增強。確實，我跟早坂同學一邊共享著同為備胎這個祕密，一邊不斷在肉體、精神層面進行深度的自我揭露。

當國見小姐說出心理學的詞彙時，點和點開始連接。喜歡把東西記錄在筆記本上的性格，又喜歡製作遊戲——

「難不成……」

「就是那樣。」

國見小姐擺出勝利手勢說道。

「《戀愛筆記》的作者就是我喔，學弟。」

◇

當我詢問國見小姐就讀的大學時，她說出了任誰都非常熟悉的最高學府的名稱。

看來智商一八〇似乎是真的。

我突然覺得國見小姐很厲害，尊敬的感覺油然而生。但在見到她公寓的流理台上堆放著大量沒洗的餐具時，那種感覺立刻就消失了。

「我雖然喜歡做料理，但實在不喜歡收拾呢。」

國見小姐切著菜這麼說著。菜刀的聲音很清脆，我站在她身邊洗著東西。將盤子上的髒汙洗掉讓它變乾淨感覺很不錯。

「照這個狀況，玄關的鞋子和累積沒燙的衣服也拜託你啦。」

「我才不幹呢。」

雖然這麼說，但我大概還是會做吧。我見到井井有條的東西就會感到安心，相反地，一旦東西很亂就會不安。因此，我並不擅長應付這個被早坂同學和橘同學擺布的狀況。

如果是房間髒亂也無所謂的國見小姐，就算陷入跟我相同的狀況或許也能從容應付吧。我認為這樣子比較堅強，我也想成為這種人。

「我老家離這裡其實很近。」

即使如此，國見小姐依然獨自住在樸素的套房裡。似乎連學費也是憑藉獎學金和打工薪水自己付的。

「因為我喜歡自由。」

她要我把桌子收拾好，於是我試著收拾桌子以便放置料理。但由於沒地方能擺東西，只好將桌上的東西放在地上。其中包含化妝品的瓶子、電費收據、以及像是大學上課時會用到的艱澀書籍。這就是所謂的生活感吧。

「來，炒飯。」

國見小姐還從冰箱裡拿出了一罐我沒見過的啤酒瓶。

「那是什麼？」

「你不知道嗎？唉～真是個小鬼頭耶～這是青島啤酒喔，青島啤酒。吃中華料理的時候就得喝這個吧？」

國見小姐喝了啤酒吃完炒飯之後，興沖沖地拿出一本筆記本，接著不疾不徐地寫下「內臟遊戲」和「幸福遊戲」等詞彙。這是國見小姐在上野玩的時候想到的兩款遊戲。不過她立刻就說著：

「這是失敗作呢。」並用橡皮擦擦掉了「幸福遊戲」幾個字。

「國見小姐，這個該不會是……」

「沒錯喔。」

國見小姐將筆記封面拿給我看。

《真・戀愛筆記》。

由十二本加上第十三本的禁書構成的《戀愛筆記》系列續篇，也就是夢幻的第十四集完成了嗎……

「內臟遊戲有可能性呢。」

接下來就像魔法一樣，國見小姐像是被什麼東西附身似的不停地擦了又寫，連內臟遊戲的內容、規則和名稱都改變了，她的腦海中正反覆不斷地進行著測試，Try and Error。最後完成的是——

『蒙眼味王競賽』。

這是一種靠著味道和觸感來猜出放進嘴裡的物體的簡單遊戲。

但是追加了幾個絕對無法作弊的設定。

要蒙著眼睛，將雙手綁在背後。

我不禁開始想像蒙著眼睛，雙手被綁在背後的橘同學。她坐在社團教室的沙發上，臉頰泛紅地張開嘴巴。

我能將任何東西放進那從中窺見粉紅色舌頭的櫻桃小嘴裡。既能催促她先舔過再吃下肚，也能直接將食物塞進她的喉嚨深處。而橘同學大概會這麼說吧。

『我什麼都看不到，就算被塞了什麼東西我也不清楚，想放什麼都可以喔。』

眼前浮現了橘同學嘴角流出口水，滴落在她那白皙大腿上的光景。

「當人類失去視覺時，其他的感覺將會變得敏銳，所以或許會變得很驚人喔。」

國見小姐煽動著我的想像力。

「也有桐島被蒙住眼睛的玩法呢。起初可能是把糖果之類的東西放進嘴裡，但之後會逐漸變得激進吧。要是知道對方什麼都看不見，女孩子大概也會開始變得非常大膽，或許會讓你舔遍各種地方喔。」

要是被蒙住眼睛，我就不會知道自己舔的部位。

只要將無法對答案當作藉口，就能一直舔各種地方。
但國見小姐在看了一會兒那個項目後，將好不容易完成的「蒙眼味王競賽」頁面撕下扔掉了。
「不行，果然還是不能用。」
「為什麼呢？在我看來是款品質很高的遊戲……」
「如果是一般的《戀愛筆記》還好說，但收錄在第十四本的話就不夠看了。」
那樣居然還不夠看嗎。
《真・戀愛筆記》裡到底收錄了怎樣的遊戲啊？我彷彿看到了筆記上纏繞著一股粉紅色的氛圍。國見小姐見狀，「嘿」的一聲把筆記貼在我身上。我則是發出「哇啊」的喊聲扭動身子躲避。
玩了一會兒之後，國見小姐露出了有些嚴肅的表情。
「桐島，你不如辭掉打工吧？」
她乾脆地這麼說著。
這是在喝飯後的即溶咖啡時發生的事。
「畢竟她們對桐島的期望，不是禮物之類的東西吧。」
說得沒錯。她們要的不是物質上的滿足。
「而且你在那間店打工的真正目的已經達到了。」
國見小姐真的很聰明，我完全被她看透了。
「明明已經沒有目的了，還排了一堆班。用『自己正為了女朋友努力工作』來逃避，小心會被咬喔。」

「畢竟美麗的東西都是修羅嘛。」國見小姐這麼說著。

「妳說修羅嗎？」

「我認為無論橘同學還是早坂同學，她們的內心都藏有燃燒著藍白色光芒般的強烈激情所以才顯得漂亮喔。人們會覺得美麗的東西，不都是些刀劍類的東西嗎？正因為銳利、病態、瘋狂，才顯得美麗。」

對人來說，美到一定程度的事物跟可怕或許是相同的。在童話故事或怪談中，非人之物往往會擁有美麗的容貌。

美麗的事物很可怕。反過來說，可怕的東西十分美麗。

「如果把這件事說出來，感覺她們會非常生氣呢。」

「畢竟還只是高中生，挺可愛的就是了。不過，這感覺就像是看到小老虎說可愛一樣。」

「所以說——」國見小姐說著舉起了咖啡杯。

「為桐島的辭職乾杯。好好努力，別把兩名修羅喚醒啊。」

「我明白了。」

雖然語氣是在開玩笑，但國見小姐說的話非常有道理。

最近我一直被各種情況耍得團團轉，腦袋一片混亂，是為了逃避才開始打工的。不過，我應該好好地去面對她們才對。

正當我抱著這種想法，準備慶祝辭職乾杯的時候。

放在桌上的手機開始震動，上面顯示著是「橘光里」的來電。

「接吧。」

國見小姐說道。

「從你的說法來看，橘同學已經瀕臨極限了吧？」

她說得沒錯。包含該怎麼處理跟柳學長之間的關係，以及是否要解除共享關係，都已經到了必須好好商量的最終局面。

我懷著這種想法按下了通話鈕——

『司郎！』

但是傳來的，卻是橘同學興奮到像是小光里（小學生）的聲音。

『關於聖誕節的事情，我已經和早坂同學商量過了！』

她現在似乎就跟早坂同學在一起，據說她們一起去遊樂園玩，而且正在搭摩天輪。

雖然很好奇她們究竟上哪去了，但如果我不在，她們似乎就能處得很好。

『聖誕節就讓給早坂同學，我有新年就夠了。』

「新年？」

『我們去京都旅行吧，三天兩夜喔！』

此時電話另一端傳來早坂同學喊出：『兩夜太長了啦～』的聲音，但橘同學回應著：『都把聖誕節讓給妳了，應該沒關係吧！』接著兩人吵鬧的聲音傳來，通話就這麼告一段落。

我盯著手機看了一會兒，接著跟國見小姐說：

「看來瀕臨極限的只有我跟柳學長。」

「好像是呢。」

國見小姐拍了拍我的肩膀說著：

「總之，打工加油吧。」

「畢竟新年的京都很貴嘛。」她這麼對我說道。

第25話　合法毒品

「這到底是怎麼回事啊？」

「誰知道？」

坐在一旁的酒井文說著。

「問本人怎麼樣？」

早坂同學就在我的眼前。

她穿著聖誕女孩的打扮坐在一群男人們中間。裙襬很短，肩膀也露出來了。當然，大家都用那種視線看著她，但早坂同學依然笑嘻嘻地聊著天。

「喂，那個，肩膀碰到了對吧？絕對碰到了。」

「畢竟那麼可愛的女孩子還是單身，他們當然會上前搭訕。」

那是在十二月中旬某一天發生的事。

這天教室有人提議「大家一起來辦聖誕派對吧」，班上那些擅於起鬨的同學紛紛表示贊同。牧被推舉成策劃人，決定舉行一場全班參與的聖誕派對。

於是我們來到了度假設施的派對包廂裡。

起初剛進入包廂時一些女生立刻就不見蹤影，過了一段時間後她們才穿著角色扮演的服裝回到

房裡。應該是為了炒熱氣氛吧。除了女僕、護士、兔女郎之外，據說還多了一套衣服。就是備受矚目的迷你裙聖誕女孩。

男生的視線都聚集在包廂裡的其中一個女孩身上。

正是早坂同學。

看來我又要出手幫忙了。抱著這個想法，我大大地轉動手臂，不過——

「真是的～只有今天喔？」

早坂同學笑著接過服裝，換好之後回到了包廂裡。

然後就到了現在。

雖然包廂裡有著卡拉ＯＫ、飛鏢板和撞球，但大多數人都坐在沙發上聊天。話題主要是圍繞著即將到來的聖誕節，沒有女友的男生們都聚集在單身的女孩們身邊。

我跟酒井坐在沙發的角落，看著包廂裡的這副光景。

「坐在早坂同學身邊的是其他學校的男生吧？」

「畢竟為了降低每個人分攤的包廂費，可以找朋友來嘛。」

「他們擺明是在跟早坂同學搭訕呢。」

「如果是不同校，就不必擔心被拒絕後的尷尬氣氛，能大膽地進攻呢。那兩人膚色都很黑，應該是運動社團的吧。要聯絡方式自然不必多說，他們或許還打算趁今天決勝負，真是積極呢。」

即使被兩個體格壯碩的男人左右包夾，早坂同學臉上依然掛著笑容。

我忍不住移開了視線。

「哎呀呀～小茜真是的，居然這樣露出大腿，這不是差點被摸了嗎？」

「喂，別實況報導啊。」

「桌上有巧克力棒呢。」

「那樣不行吧！」

「小茜好像要餵他們吃喔。」

「是用手吧？應該是用手餵吧？」

「不過似乎挺開心的喔。」

「運動健將真是帥氣耶！」我聽見了早坂同學這麼說的聲音。

我打開背包，開始尋找能逃避現實的東西，但裡面什麼都沒有。當我呼吸變得急促時，酒井遞給我一本詩集。是宮澤賢治的《春與修羅》，謝啦酒井。我將書翻開，什麼都不想看，也不想聽。

「啊，剛剛小茜好像被摸了大腿，不過她正在笑喔。」

我的妹妹今天就要前往遠方雪花落下外面亮得非常不尋常請替我帶點雪雨回來吧。（註：這段是宮澤賢治的詩歌「訣別的早晨（永訣の朝）」中的內容。）

「她被摸頭了。」

「跟我一同的現象是被假設的有機交流電燈！」

「如果會這麼嫉妒，不如就乾脆做了吧。」

酒井毫無掩飾地這麼說著。她現在是一副戴著眼鏡，瀏海垂下的樸素模式。班上的其他同學肯定作夢也沒想到酒井會講出這種話吧。

「只要做了，小茜肯定會發了瘋似的愛上桐島，這麼一來她就不會再對其他男人感興趣了。」

「不，那個……」

「是為了跟橘同學保持平衡？但不就是因為桐島不夠主動害得小茜沒有自信，事情才會變成那樣嗎。」

早坂同學興奮的聲音傳來。

她因為被人稱讚「很會看氣氛」而發出了開心的笑聲。原本以為她只會在我面前露出那種笑容，原來是我太自大了嗎。

「真是的～別擺出這種表情啦。」

酒井這麼說著。雖然她看起來是在安慰我，但語氣完全是在開玩笑。

「好啦，用這個讓心情好起來吧。」

酒井指著桌子說。

面紙上放著一撮白色的粉末，這也是為了炒熱場面氣氛準備的東西。

『幸福的白色粉末』。

據說只要用了這個，腦袋就會像是飛起來一樣。

「不，這東西絕對很不妙吧。為什麼會出現在這裡啊？」

「是牧準備的，肯定是派對用品吧。」

「像他這種聰明又細心的人不都會嘗試這種東西嗎？這是那種鑽法律漏洞的東西對吧？」

「這麼說來，他在教室裡跟化學社的社長聊了很久呢。」

「那不就是真貨嗎……」

這種東西絕對很不妙吧。正當我這麼想的時候。

早坂同學的聲音傳了過來。

「好舒服喔！」

我忍不住看了過去，發現她正在被身邊的男生……揉著肩膀。

「桐島，放輕鬆。」

酒井拍了拍我的肩膀。真是的，最近總是遇到這種麻煩的狀況。

就讓我在短時間內忘掉一切吧。

我用手指壓住其中一邊的鼻孔，用吸管從另一個鼻孔吸入了幸福的白色粉末。

◇

早坂同學和我以外的男生打成一片，今天並不是第一次。最近一直都是這種情況。更何況早坂同學以前也很受歡迎，又不像橘同學那樣強烈地拒絕男生，因此表面上可以說是沒什麼改變。

不過，班上的男生卻清楚地感覺到了她細微的變化。

「最近的早坂同學感覺不錯耶。怎麼說呢，就好像內心的隔閡消失了一樣。」

「是啊。畢竟以前的她雖然很親切，但感覺就像是另一個世界的人一樣。不過現在——」

「變得非常具體，或者該說是像個真正的女孩子。」

「很吸引人，對吧。」

「光是看到她上完體育課那香汗淋漓氣喘吁吁的模樣，我就快受不了了。」

教室裡到處都能聽見這種聲音。

早坂同學就像這樣跟其他男同學打成了一片。

也就只是這樣，她對我並未變得冷淡。

如果我忘了接電話，每隔五分鐘早坂同學就會打一通過來。在車站等我歸還漫畫的時候，當我說著：「抱歉，讓妳久等了。」時，她會笑著對我說：「不會，沒等多久，不過四個小時而已。」

在我煩惱的時候，早坂同學也十分溫柔。

「是學長和橘同學的事情吧？辛苦你了。」

更換教室時，她在樓梯間轉角處叫住了我，並張開雙手。

「我來安慰你吧。」

她笑著抱了上來，我也因為早坂同學柔軟的身體和體溫感到放鬆，反過來抱住了她。

「好久沒有被桐島同學主動抱住了呢，我好開心。」

早坂同學喜不自勝，將臉埋進了我的胸口之中。

「嘻嘻，口水沾上去了。」

她這麼說著露出笑容。

當我們開始共享之後，早坂同學看起來很開朗，心情也很穩定。臉上總是掛著笑容，隨時隨地都是如此。

但是她的笑容有時也會讓我擔心。

那天是輪到早坂同學共享的日子。

我跟早坂同學都有打工，因此我們決定只一起回家。為了不被其他人發現，我們牽著手走在巷子裡。

「那件事怎麼樣了？」

「什麼意思？」

「去打保齡球的事。」

下課時間，一群男生邀請早坂同學去打保齡球。早坂同學答應了他們，不過一問之下，早坂同學似乎是唯一一個會參加的女生。

當我在回家路上提到這件事時，早坂同學停下腳步，面帶微笑地說著：「真拿桐島同學沒辦法耶～」並張開雙手抱住了我。

我抱住她之後，早坂同學把手放上我的後腦，讓我的頭靠在她的肩膀上。

「好乖好乖，你是嫉妒了吧。」

她一邊摸著我的頭，一邊在我耳邊小聲說道：

「桐島同學啊，真是個人渣呢。」

「咦？」

這句意料之外的話，讓我吃驚地抬起頭來。

但是早坂同學臉上依然掛著笑容，面不改色地問著：「怎麼了嗎？」

「不要緊的，我不會去打保齡球。因為桐島同學這麼說了嘛，這是當然的。」

她這麼說道，再次抱著我的頭摸了起來。

我還以為是自己聽錯了。畢竟在說「人渣」的時候，她的語氣也十分開朗。

但是——

「明明自己對橘同學那麼著迷，但我跟其他男生稍微出去玩一下就不行，桐島同學真是無藥可救呢。」

她在我耳邊這麼說道。

「你完全不肯對我出手、不願意看著我。每當那樣時我都會懷疑自己沒有魅力，難過地覺得自己沒有價值。」

早坂同學「嘿嘿」地露出笑容。

我注視著這樣的她。

而早坂同學依然面帶笑容，很開心似的繼續說了下去：

「其他男生看著我的時候都露出一副很渴望，很想碰我的表情喔？所以我才能覺得自己是個有價值的女孩子，有價值所以才能待在桐島同學的身邊。這是個非常好的循環，我每天都很開心！」

最近柳學長似乎會找她一起去咖啡廳進行戀愛諮詢。

「柳學長他非常煩惱喔，說是自己讓橘同學感到困擾了。」

學長要是不像這樣設法改變現狀，就不可能得到橘同學的心。

「可是啊，他明明這麼煩惱，但當我穿著胸口露得很多的開襟毛衣，學長就會一直盯著看呢，很奇怪對吧。」

「我們走吧。」早坂同學這麼說著，我再次和她牽手邁出步伐。

我不知道自己該對早坂同學說些什麼，或是該聊些什麼。她說話的內容和情緒的反差使我難以招架。

「我啊，刻意讓自己不再那麼喜歡桐島同學了。畢竟太沉重的話很麻煩對吧？」

早坂同學大大地揮動手臂，看似很開心地走著。

「畢竟我是備胎嘛，共享也只是強硬地介入了兩情相悅的人之間，會有所顧忌、被傷害、變得遍體鱗傷也是理所當然的。無論是自己做好準備卻沒能做到最後，還是在文化祭的舞台上見到接吻場景，也沒資格抱怨吧。」

「別擔心，我沒事的。」早坂同學說道。

「桐島同學就在自己方便、有空的時候再來找我吧。無論怎麼傷害我都沒關係喔。因為其他男生立刻就會讓我知道，我還有價值嘛。」

「但是，這種做法……」

「嘿嘿，就像桐島同學想的一樣，偶爾也會出現差點喪失理智的男生喔。再這樣下去，我或許會跟其他男生發生些什麼呢。會被他們做些什麼，被亂七八糟地對待也說不定喔？」

「可是啊，就算真的變成這樣——」

早坂同學這麼說著停下腳步，用非常嫵媚且成熟的表情開了口：

「全都是桐島同學的錯喔？」

◇

吸了幸福的白色粉末之後，我的腦袋變得輕飄飄的。放在桌上的杯子看起來忽大忽小，這一週吃過的食物如同照片般毫無徵兆的浮現在眼前。

「桐島，你吸太多了。」

坐在身邊的酒井笑得東倒西歪。

「從鼻子用吸管吸這個，你真行耶。」

「電影大多都是這樣演吧。」

「看點治安更好的電影啦。」

我感覺酒井嘴唇的動作變得很慢，房裡每個人的說話聲都聽得很清楚。早坂同學和男生的聲音也非常清晰。

或許是白色粉末的影響，我的感官變得非常敏銳。要是在這種狀態下見到早坂同學和男人卿卿我我，事情會變得很不妙。我什麼都不想聽，也不想看。

我懷著這種想法別開視線，從書包裡拿出耳機戴上。下個瞬間，音樂如同洪水般從耳機裡傾瀉出來，像是鑽進我的腦袋裡一樣從耳中響起。歌詞的情緒充滿了我的內心，這是什麼、好厲害，我要飛起來了。

「我說桐島，沒事吧？」

「音樂……能看到音樂的影像……能看見……音樂……You're my wonderwall……」

「你亢奮過頭了吧。」

酒井拿掉我的耳機，把我拉回了現實。

「這個好厲害，接下來就用偏重低音的旋律……」

「好了，面對現實吧。」

我的臉被抓住，被迫轉向早坂同學的方向。

早坂同學好像在玩射飛鏢。我能聽見她的笑聲，以及剛才坐在早坂同學左右的其他學校男生說著：「要是我們贏了就把妳的聯絡方式告訴我們吧。」的聲音。

「酒井，拿掉眼鏡吧。」

「怎麼突然講這個？」

「要是酒井認真起來，那些男人或許會圍過來也說不定。」

「我就是因為那樣很麻煩才戴眼鏡的。」

即使如此我仍要求她：「拿掉拿掉。」酒井便臉頰泛紅地說著：「只給桐島看喔。」拿下眼鏡撥起瀏海露出臉來。當我想著她真是個超級美女，長相真的很性感的時候，酒井突然說出：「其實我一直想偷吃桐島。」、「小茜跟橘同學都是小孩子，果然還是我比較好吧？」之類的話並吻了上來。我內心雖然想著：「喂喂還有其他人在耶。」但還是跟她接了吻。酒井的吻確實很成熟，使我變成了：「酒井喔喔喔酒井喔喔喔酒井酒井」的狀態——

「——島、桐島，桐島！」

「嗯嗯？」

酒井就在我的眼前。她好好戴著眼鏡，瀏海也放了下來。

「酒井，我剛剛在做什麼？」

「你整個人瞬間僵住了……是吸太多了吧。」

酒井笑著說。什麼嘛，是妄想啊。說得也是，我跟酒井不可能變成那樣。

「好了，快去找小茜吧？只要桐島開口，她立刻就會聽你的。」

我朝著早坂同學一看，她學完了投擲飛鏢的方法，正對著記分板擺出姿勢，手肘被人觸碰著。

「不，既然本人不介意……」

「桐島在奇怪的地方是個理想主義者呢，居然會想著要尊重自由意志。」

「戀愛本來就是會對對方造成影響的事吧。」酒井說著。

「我不會主動出手，但請妳依照自己的想法喜歡上我，不覺得這種想法有點太天真了嗎？」

「這個酒井真是嚴厲呢，把剛剛的酒井還給我。」

「讓小茜弄壞到不顧一切地喜歡上桐島不就好了？畢竟這也是小茜的期望。你應該知道把她完全弄壞的最後一道開關是什麼吧？」

「可是那樣的話……」

「至少——」酒井繼續說著。

「我認為小茜和橘同學都不惜把桐島你弄壞也想占為己有喔。」

關於這點柳學長也是一樣，他意志堅定地想要改變橘同學的現狀。

「再這樣下去，小茜和橘同學都會被其他男人搶走喔。」

我和早坂同學對上了眼。

男人們抓著早坂同學的雙肩調整站姿，好讓她的身體和飛鏢板垂直。

當然飛鏢對男人們來說一點都不重要，他們只是想觸碰早坂同學而已。對此早坂同學雖然大概也很清楚，但依然看著我「嘿嘿」地露出了笑容。

我用吸管從鼻子不斷吸著放在桌上的幸福白色粉末，讓意識飛到九霄雲外。

「就算這麼做現實也不會有所變化喔。」

酒井用燦爛的笑容說著。

可惡。我這麼想著。

每個人都隨心所欲地踩著油門，挑逗著我。

我當然也想這麼做。如果能和早坂同學做、把她弄壞，讓她發狂似地愛著我的話，肯定超級舒服的。或是照著橘同學的期望強硬地跟她做，把她弄壞，用一生被她愛著，一定會舒服得不得了。

但是，這是不可能實現的。

要是我跟她們其中之一變成那樣，另一方一定會非常生氣。說要共享就好只不過是表面上的。

如果我真的跟她們其中一個做了，她們兩個絕對會起爭執，而且事情一定會演變到無法挽回的地步。

那麼，肯定會覺得只要我選擇其中之一就行了吧，但她們也不允許。為了消除自己不被選上的可能性還強迫性地展開共享，然後說：「這樣桐島同學就能左擁右抱了，應該沒關係吧。」擅自訂下了禁止偷跑的規則，卻還說我什麼都不肯做而鬧起彆扭。

話說回來，雖然文化祭結束後我還沒吐槽過，但共享到底是什麼意思啊？

那個場面不是應該用「你喜歡我還是那女孩？」來讓我做出選擇嗎？

這才是正常的流程吧？

「否定這種標準想法的人是桐島你吧？還說自己跟那些被電影或電視劇的戀愛洗腦，陶醉於純愛印象中的人不一樣。」

酒井，別用這種說法，我並沒有想得這麼差勁。

「桐島你還真壞呢。雖然露出一副不知道該怎麼辦的表情，但那是在演戲吧？只是佯裝清純，但其實你這壞人有著自己的計畫吧。」

「既然大家都按自己喜歡的方式談戀愛，桐島也放手去做不就好了？」酒井露出具有野性的微笑說道。

「只要把小茜和橘同學都弄壞就行了。對她們兩個都說：『第一順位是妳，我選擇了妳。』也都跟她們做，讓兩人都瘋狂地愛上你不就好了？」

「不，當我跟其中一方做了，另一個人就會發飆吧。」

「只要不讓小茜發現你跟橘同學的關係，也不讓橘同學發現你跟小茜的關係就行了。」

「這種事從現在開始是辦不到的吧。」

畢竟還在共享，就算對早坂同學說了：「妳是第一順位，我選了妳。」但只要每天和橘同學牽手上學，這個謊立刻就會穿幫。

「不可能的。」

「並不是不可能喔。實際上，桐島的腦中已經有了這個計畫。」

聽她這麼說——的確如此。

只要早坂同學和橘同學彼此不再聯絡，距離也很遠的話，我就能和橘同學說已經和早坂同學分手，告訴早坂同學自己已經和橘同學分手，跟她們談一場瘋狂的戀愛。變成這種狀況的可能性確實存在。

「如果被發現，桐島絕對、肯定不可能全身而退就是了。」

這是我下意識封印起來的計畫。因為實在太過差勁，會感到開心的人只有我，所有人都會被毀掉。是個用人渣都不足以形容，無藥可救的邪惡計畫。

「我這樣真的像個壞人呢。大家總是一邊說著違反道德，一邊卻又用『會這樣也沒辦法』來當作藉口，準備好自己不會被責備的退路對吧？不是這樣的，讓我見識真正只為了讓自己享受愛情愉悅的最惡劣行為吧。」

「上吧、上吧。」酒井如同起鬨似的不停說著。反正大家都在為所欲為，桐島也做自己想做的事上吧、上吧，實行究極惡行計畫上吧、上吧。

等一下，妳真的是那個心跳加速酒井嗎？跟我腦中的形象也太一致了吧。

不行，分不清楚現實跟妄想了。

『究極惡行計畫』。

不、不行，這是不對的。那就假裝吧。就裝成被狀況牽著鼻子走的廢柴男，來帶過這邪惡的想法吧。

我是為了得到幸福，讓對象獲得真正的幸福才在追求愛情的。

不，真的是這樣嗎？

正如酒井所說，戀愛是會對對象造成重大影響的事物，而讓對象落入某種不幸或許也能稱作戀愛。我已經搞不清楚戀愛的定義了。

不行，我完全陷進了思考的世界中。

無法分辨現實和妄想的界線。

我正在尋找，尋找能夠理解戀愛，回到現實的東西。

對了，看書吧。書上的內容永遠不變，是能從妄想回到現實的連接點，書總是能提供我幫助。

我開始尋找，起初是野性微笑酒井借給我的書。找到了，掉在桌子下面。

就是這個。宮澤天堂與地獄賢治的訣別遺作《愛與修羅》。

我翻著書，好厲害。文字看起來就像浮在眼前，那些字直接飛進了我的眼球，在我的腦中烙下印象。

我理解了愛的真理。

愛一個人果然會伴隨著想被對方愛的心情為了得到他人的愛我們必須做些什麼而採取行動必然

會對他人造成影響像個修羅般帶著徹底摧毀須彌山頂的表情我正在等待作為因果交流有機事物一股腦被饕餮吞噬的世界裡落入無間地獄的流浪人不斷反覆和被稱作虔誠的人相遇在沙命館和第一個總管下棋拯救地藏菩薩和紅衣少女聆聽蟲鳴依依不捨地看著水彩畫背景繪製的永恆夜晚之中的美麗殘影那享用中華料理的模樣如同燭火般的筆跡奏出同樣的旋律悄無聲息地消失在莫高窟我們躺在校舍的屋頂眺望著那消失的空虛胸中懷著一抹寂寥感一直……等著……領……

◇

回過神來，我正趴在廁所隔間的馬桶上。頭好痛。沒有要嘔吐的跡象，胃裡沒有裝任何東西似乎是一件好事。

「沒事吧？」

穿著聖誕打扮的早坂同學正撫摸著我的背。

我的意識就像被壓碎的豆腐般模糊，無法判斷眼前的早坂同學究竟是幻覺還是現實。

「這裡不是男廁嗎？」

「沒錯喔，我是因為擔心才跟過來的。現在沒有其他人在所以無所謂，但要是有人過來的話我或許別出聲會比較好，畢竟會被懷疑在做什麼。」

看來在那之後似乎沒過多久。

「桐島同學在大家面前唱了不少饒舌歌，大家都在幫你打氣，你還脫掉了上半身的衣服喔。」

「我做了這種事嗎……」
「不過啊，途中桐島同學也一直看著我呢，嘻嘻。」
早坂同學憐愛似的，從背後將蹲在地上的我的頭抱進懷裡。
「桐島同學真是無藥可救、弱小、丟臉、又可憐呢。」
「喂，不要隨便挑逗我。我現在腦袋一片混亂。」
「就算你這麼說也只是耍嘴皮子吧。桐島同學什麼都做不到，只能咬著手指旁觀而已。就算我被其他男生摸，也只能眼睜睜地看著。」
早坂同學在我耳邊吐著氣息這麼說道。
「我打工的地方，是女僕咖啡廳喔。」
她說是為了改善不擅長應付男人的情況，才去那種地方打工的。
「有不少客人跟我搭訕喔。」
雖然大多客人都很遵守規則，但似乎偶爾也會有那種人。
「前陣子啊，有個中年大叔悄悄跟我說『三十萬怎麼樣？』，聽說是某個地方的老闆喔。」
要是收下那筆錢會怎麼樣？會被怎麼對待呢？他會用那堅硬的手指摸遍我的全身，持續整個晚上嗎？
早坂同學這麼說著。
或許是白粉的影響還殘留著，她說的話直接在我腦中呈現出了畫面。
「很有名的樂團成員也有來喔。然後啊，他還把寫著下榻旅館房間號碼的紙條給了我。」

要是去了，會被做些什麼呢？因為他看起來很大男人主義，應該會很粗魯吧。會做各種不同的玩法，讓我整個人變得亂七八糟。但是他一定不會負責，做完後就會把殘破不堪的我扔在一旁吧。

「另外啊，還有其他學校的男生假裝教飛鏢來摸我吧。沒錯，就是桐島同學忿忿不平地看著的那兩個人。他們一直說著『要不要離開這裡，去安靜一點的地方？』在邀請我喔。」

要是跟著去了，會發生什麼事呢？感覺他們絕對是想做那檔事。會從前後一起來，把我弄壞吧。因為是很有體力的運動社團成員，一定會做很久吧。就算我求饒也不會停手，每週都會找我出去，把我當成玩具般對待吧。

「牧同學準備的粉末，我也舔了很多喔，有人要我這麼做。然後啊，我的腦袋就變得輕飄飄的了。」

「再這樣下去真的會出事呢。」早坂同學說道。

「都是因為桐島同學什麼都不肯做，假裝自己是個乖寶寶的關係喔。」

就在她這麼說的瞬間。

我起身將早坂同學推到牆邊。

這樣做真的好嗎？我這麼想著。

「制定不准偷跑規則的，是早坂同學和橘同學吧。」

「就算不做到最後，還是有很多事能做啊。」

早坂同學挑逗似的動著濕潤的嘴唇。

「欸，桐島同學，如果你露出這種表情，那就證明給我看吧。證明我有價值。讓我知道桐島同學是真心喜歡著我吧——」

我不等早坂同學說完就跪在地上，將頭伸進了她的裙襬底下。

就在這個時候。

「桐、桐島同學，太突然了啦！」

早坂同學困惑地叫了出來。

她不久前的誘惑和挑逗氛圍消退了，看來她果然還是有羞恥心，沒辦法徹底變成壞女人。她也從剛剛充滿妖豔氣息的表情變回了原本稚嫩的模樣。

「什麼嘛，早坂同學不也只是在逞強嗎？」

「才、才不是！我才沒有逞強！要、要是桐島同學不肯跟我做的話，我——」

「妳能和其他男人做這種事？辦得到嗎？」

「那個……」

「不會那麼做，也做不到嘛。」早坂同學低著頭說。「結果我還是一樣沒用，會說要跟其他男人發生什麼事情也都是因為——」

「只是想引起桐島同學的注意嘛……」

「就算是這樣也玩過頭了。」我這麼說道，既然走到了這一步——

「我已經忍不住了，接下來我會好好享受早坂同學的身體喔。」

說完我打算再次將頭伸進早坂同學的裙子底下。

「要、要溫柔一點喔。」

早坂同學害羞地說出了這句話。對此她似乎並不排斥，這方面正是她和戀愛新手的橘同學的不同之處。

「是白色粉末的關係嗎，我也、那個……身體有點……不太對勁……」

這麼說著的她用手指抓起裙襬，自己掀了起來。

我不知道這究竟是現實，還是幻覺。無論如何，我們的大腦已經失去控制，找不到能恢復理智的方法，只能繼續這麼做。

◇

一切都是白色粉末的錯。

現實和妄想的境界曖昧不清，簡直就像知道自己在作夢的夢境一般。

既然真的在作夢，還是做點喜歡的事比較好。

我跪在地上，把頭伸進站立著的早坂同學裙子裡，將臉貼著她的內褲，鼻尖能感覺到白色內褲的觸感，然後——

我深深地吸了口氣。

「不行啦，好害羞喔……」

早坂同學用快要哭出來的聲音說著。沒錯，她不適合當個壞女孩。我喜歡她像這樣在各方面都很積極，但卻在最後漏氣的模樣。

我很高興她能恢復原狀。

「對不起，都是因為我的心思都放在橘同學身上。」

「比、比起這個，不要一直聞味道啦……」

早坂同學縮起雙腿，我的臉頰被她柔軟的大腿夾住，真是棒極了。

「是早坂同學先挑逗我的，就讓妳知道會發生什麼事吧。」

我反覆不斷地吸著氣，每次早坂同學都會用快要哭出來的語氣說著：「討厭……」

耳邊傳來酒井露出野性笑容說著「上吧上吧」的聲音，我「呼嗯」一聲當作回應。

我陶醉在早坂同學的香氣中，伸出舌頭滑過她的內褲表面。

「別、別鬧了！桐、桐島同學，我還沒沖過澡——」

早坂同學用力地抓住我的頭，我毫不在意地繼續舔著。

我正待在地獄裡，這裡是如果不填滿早坂同學內心就無法回頭的地獄。而我是個修羅，是個追求早坂同學和橘同學的修羅。

在我不斷舔拭的途中，她的內褲逐漸變得濕潤。那不僅是因為我的口水。

「桐島同學，這樣、好、好厲害喔……」

每當我動起舌頭，早坂同學就會扭腰擺動。因為她身體前傾試圖逃開，我抓住她的大腿不讓她逃走。

「嗚啊啊……桐島同學……嗚啊啊……」

早坂同學的反應完全失去了理智，我們的腦袋已經一片模糊。早坂同學一邊挺著腰，一邊緊抱著我的頭不停喘氣。從內褲滲出的液體沿著她的大腿流下，當我把它舔掉時，早坂同學發出了更大的呻吟聲。

就在這個時候，有人走進了廁所。

我連忙將手指放在早坂同學的嘴邊。早坂同學立刻像個小嬰兒一樣開始吸著我的手指，也不再發出喘息聲。她的嘴裡既溫熱又濕潤。雖然發出了「啾嚕」的吸吮聲，但進來的是兩個男生，他們正在聊著天，這種程度應該不成問題。

「那個叫做早坂茜的女孩，真的很色呢。」

「真的好想跟她做啊。」

走進廁所的是那兩個直到剛剛都跟在早坂同學身邊的男生，他們一邊上廁所，一邊聊著關於早坂同學的下流話題。

「想跟她接吻呢。」

因為那個男人這麼說，我站起身來，從早坂同學嘴裡抽出手指並吻了她。

「想把舌頭伸進去，讓她舔我的舌頭呢。」

聽到男人這麼說，早坂同學迎接了我的舌頭，拚命地吸了起來。

「也想用力抓住那對胸部。」

我粗魯地抓住早坂同學的雙峰。

「不，你是想吸吧。」

我掀起早坂同學的衣服，解開胸罩扔在地板上，依照男人們的說法吸了起來。早坂同學發出了不成聲的叫聲。

「然後，把手伸進她的內褲裡亂摸一通。」

我將手伸進她的內褲裡強硬地摸了起來。她完全來了性致，手指和內褲之間不斷滲出液體，滴落在地板上。

「要是她用那種表情發出淫蕩的呻吟聲，沒人能忍得住吧。」

早坂同學為了大聲發出呻吟深吸了口氣，我連忙將手帕塞進她嘴裡。她已經完全失去了理智。

接下來我們也一直實踐著那兩個男人說出的下流發言，除了最後一步之外的事情幾乎都做了。

當他們離開廁所時，早坂同學變得非常凌亂。聖誕裝幾乎已經脫落，身體到處都被我的唾液和她的液體沾濕了。

「好高興喔，桐島同學是真的喜歡我，好開心。」

早坂同學露出濕潤的眼神依偎在我身上。

「有好好地弄壞她嘛。」我腦中露出野性微笑的酒井這麼說道。吵死了，我就遵循羅剎般的內心，重新在那須山頂做起剛剛進行到一半的事。

我掀起她的裙襬，將濕潤的內褲往旁邊拉開，直接舔了起來。

「哇啊、好厲害喔、桐島同學。這個，好厲害，好厲害好厲害好厲害好厲害！」

早坂同學全身顫抖，深處不斷地湧出液體。

「不是的，我不是這麼不知廉恥的女孩子。都是牧同學那奇怪藥粉的錯，我的身體才變得這麼奇怪。」

早坂同學身體顫抖的間隔不斷縮短，我發出聲音舔個不停。

「要去了、要去了啦——」

不過，這時候她開始發狂似的扭動起身子。

「最後抱在一起，邊接吻邊做比較好啦。」

早坂同學用苦悶的語氣說著，我停下動作抱住了她。接著抬起她的右腳，跟在愛情賓館時一樣將身體壓了上去。雖然我直到剛剛都在舔早坂同學的內褲裡面，但她似乎毫不在意，貪婪地吻了過來。想要合為一體的我們之間已經不存在界線。

「我好幸福，能感覺到桐島同學的愛意。讓我多感受一點、再來、還要！」

當早坂同學「啊、啊、啊」地發出嬌喘，我的理性就逐漸蒸發。

「我的腰，停不下來……」

早坂同學伸手挽住我的脖子，身體不斷抽搐。

就在這個時候。

又有人走進了廁所。我雖然想停下動作，但早坂同學卻像是被沖昏頭腦似的說著：「我停不下來，沒辦法嘛。」不停地動著腰。

接著開始大聲地發出喘息聲。

「早坂同學？」

我試圖讓早坂同學咬住手帕，但她卻像個鬧脾氣的小孩子般搖了搖頭。

「不要！我是桐島同學的女朋友嘛！就是因為不能這麼說，事情才會變成那樣嘛！」

早坂同學氣喘吁吁地說著。

「就這樣舒服地做到最後，讓大家發現吧？被大家看見，然後一起變得糟糕吧？」

她腰的動作愈來愈激烈。

走進廁所的男性腳步聲變得混亂，應該正感到不知所措吧。

「桐島同學會變成背叛橘同學的花心大蘿蔔，我也會變成跟有女朋友的男生在廁所做這種事的下流女生喔，沒關係吧？我就算這樣也無所謂。一起變得舒服吧？哇啊、好厲害、一直流個不停耶。一起毀滅吧、沒問題的、就算桐島同學被大家討厭，我也沒關係喔。」

早坂同學的大腿、上臂、頸項到處香汗淋漓，臉頰泛紅，然後——

「桐島同學、桐島同學、桐島同學、桐島同學！」

早坂同學用接近慘叫的聲音不斷喊著：「去了、去了！」身體仰起到難以置信的程度。我也因為身體摩擦體會到了視野不斷閃爍的快感。

腦袋感覺快要沸騰了，最後我趁勢胡亂地吻住了早坂同學的嘴唇，用力抓住她的胸部。

但那也僅有一瞬間，我們渾身無力地跌坐在地。

結束了。我這麼想著。

廁所隔間外面傳來了刻意的咳嗽聲。

早坂同學依然是一副陶醉的表情，像是要撒嬌似的朝我伸出手。

叩叩。有人敲了敲廁所的門。

身上的熱氣消退，我完全回到了現實，思考著該如何撐過這個情況——

「真是太好了呢。」

門後傳來的，是我所熟知的聲音。

「幸好進來的人是我。」

是牧翔太。

我稍微鬆了口氣。這個男人不會到處宣揚我們的事。不過，總覺得被撞見了令人害羞的場景。

「我說牧，該怎麼說呢，我現在覺得非常尷尬。」

「這是我的台詞吧。」

說得也是。

「不，這是因為那個，都是牧你準備的白色粉末的緣故，我是因為那個腦袋才變得不正常。」

「關於這件事。」

據說那些粉只是純粹的時髦叫法，既不是藥品，也不是派對用具。

「失控到這麼誇張的人，只有你和早坂喔。也太會妄想了吧。」

「難不成……」

「那只是普通的糖粉，撒在點心四周的那種。」

◇

「桐島同學，對不起。」

「就說沒關係了。」

我拖著從身後抱著我的早坂同學踏出步伐。

在那之後稍微起了點爭執。當我們回到派對房間準備解散時，那兩個男人有些強硬地說著：「去續攤吧！」打算帶走早坂同學。當兩人抓住她的手腕時，早坂同學大鬧了起來。

「不要！放開我！我要跟桐島同學回去！能對我做這種事的只有桐島同學一個！剛剛也做了很多！我還要跟他做更多呢！」

她不斷地喊著「幫幫我，桐島同學、桐島同學！」酒井見狀說著：「看來是因為糖粉失控了呢，畢竟小茜很會對自己下暗示嘛。」幫忙圓場。

「因為桐島有橘在，是個適合的人選啊。」

牧野也巧妙地掩飾了早坂同學的發言。

這下我得請他們兩個吃飯才行了。

於是我就這樣離開店裡，走進人煙稀少的巷子，拖著消沉的早坂同學踏上歸途。

「我是個壞女孩。」

早坂同學說著。

「桐島同學肯定以為我是個什麼都沒在想的笨蛋吧？雖然我有時候的確會這樣，但不是的，我也會思考很狡猾的事情喔。」

「像是跟其他男人打成一片來引起我的注意嗎？」

「嗯，結果反而給其他人添了麻煩。我真是差勁呢，就是因為這樣才不行，才沒有價值呢。」

早坂同學從我背上離開，來到身邊跟我並肩行走。我雖然想要牽手，但她卻搖了搖頭。

「我會想要跟其他男人打好關係，也是想著這樣是不是就能夠從桐島同學那邊畢業了呢。」

「畢竟我只會給桐島同學添麻煩嘛。」早坂同學說道。

「要是橘同學跟桐島同學兩情相悅，我就必須放手才行，但是我做不到。」

「那個時候我才發現——」她繼續開口。

「自己在腦中的角落盤算著，如果我快壞掉的話，桐島同學就不能拋下我了。提出共享要求的時候，我也在心中的某個地方計算著，這樣就能繼續在一起了。我就是個狡猾又壞的女孩子。」

她甚至說出了：「所以覺得就算自己被其他男人胡亂對待也沒辦法。」這種話。

「然後今天也發生了這種事，讓我真的開始討厭自己了。所以啊，我不會再做了。」

「不做什麼？」

「假裝自己是個壞孩子。」

早坂同學停下腳步，露出爽朗的笑容。那個笑容簡直跟我們初次相遇的時候一樣。看起來像個雖然害羞，但又有些愛逞強，普通的可愛女孩子。

「因為我沒辦法徹底當個壞孩子，也不想再繼續思考狡猾的事情了嘛。我想跟橘同學打好關係，不想成為桐島同學的負擔，所以我果然還是個乖孩子。雖然被大家強加這種印象在身上才想要反抗，但他們的想法或許是對的呢。」

「畢竟我沒辦法像桐島同學和橘同學一樣，正大光明地面對這場戀愛嘛。」早坂同學露出有些寂寞的笑容說著。

「在真的徹底變成壞孩子，變成亂七八糟的女孩子之前，我決定先放手了。」

所以桐島同學——

「聖誕節，我們就結束吧。」

第26話　最喜歡

現在是十二月二十五日的下午。

我披著羽絨衣，穿著白色的運動鞋走出家門。

天氣很冷，風吹得耳朵很痛。雖然氣溫很低，但天色十分晴朗，感覺不會下雪。

我的手上提著兩個紙袋，是跟妹妹一起挑選的聖誕禮物。依照妹妹的建議，我幫早坂同學買了手套，橘同學則是圍巾。

「這類東西挑正統派的就好，買比平時稍微好一點的東西送給她們就行了。這種一定用得到，但自己難以下手的高品質名牌貨，收到時會很高興不是嗎？不必刻意表現出自己獨特的個性啦。」

雖然我跟妹妹一起去了百貨公司，但由於她也很緊張，在走進名牌商店時就躲進了我身後。結果是由我跟店員說明情況，直接買了店員推薦的商品。

「我認為這樣絕對比哥哥自己選來得好。」

我在美食街請完全沒派上用場的妹妹喝了冰淇淋蘇打。有了錢能替人做的事情也會增加，這讓我覺得有打工真是太好了。

在聖誕節之前特別做的也只有挑選禮物，其他日子都跟以往沒什麼兩樣。

因為比賽將近，橘同學一如往常地向學校請了假。要我在聖誕節去見證真正橘同學的柳學長，在那之前似乎也沒有什麼行動。

而說要在聖誕節結束一切的早坂同學則是非常平靜地逐漸離開了我身邊。由於橘同學很忙，因此在那之前一直都是「早坂同學的日子」，但她卻傳了『不見面也沒關係喔』的訊息給我。也不再刻意跟男生打好關係。

『二十四日和二十五日我都有排打工，二十五日我會早點下班，傍晚一起去約會吧？』

早坂同學完全變回了普通的女孩子，既沒有壞掉，內心也沒有生病。

感覺就像風暴過後的美麗海面一樣。

接著就這麼乾脆地迎來了二十五日。我提著兩份禮物，首先前往橘同學身邊。

由鋼琴相關人士，以及其家人和朋友一同舉辦的聖誕派對。

我所不知道的橘同學。

柳學長是為了讓我放棄，才邀請我去跟這樣的橘同學見面。我本來沒有去的打算。既然橘同學不想讓我看到那麼上流的自己，那我也不必刻意去跟她見面。但是，我還是決定去一趟。

我只是單純想讓她高興。橘同學因為不能和我一起過聖誕節而非常沮喪，我想要是能見面給她個驚喜把禮物交給她的話，她應該會露出笑容。

我原本打算這麼利用柳學長給我的邀請函，但是——

「為什麼我也得一起去啊！」

濱波在電車裡發出慘叫。

「高級飯店不可能一個人去吧。」

「你這膽小鬼！」

「原來如此，畢竟是聖誕節啊。」（註：膽小鬼的日文「キチン野郎」中有「雞」的意思，而日本在聖誕節會吃炸雞。）

「剛剛那是意外！」

濱波露出了懊悔的表情。

「算了，反正吉見也去參加集訓了。」

吉見學弟正認真地以參加籃球全國大賽為目標，因此籃球社從二十五日開始進行集訓，濱波和吉見似乎會另外找時間過聖誕節。

「我也幫妳選了禮物吧。」

今天濱波傳來了簡訊，希望我挑選要送給吉見學弟的禮物，因此我們從中午開始就逛了不少店家，於是我請她順便跟我一同前往飯店的派對會場。

「好吧。」

濱波說著。

「畢竟紳士淑女的社交會場，對桐島學長來說肯定很遙遠吧。」

電車到了站。我們在都心正中央的車站下車走了一會兒，來到了一個讓人懷疑都內居然有地方這麼安靜的高級區域，或許是因為離皇居很近吧。

那間飯店佇立於昏暗之中。我們走進飯店用地，看到了一個金色的標誌。

「濱波，這裡是哪裡？」

「學長，你還是一樣笨耶。看了不就知道嗎？這裡一定是紐約嘛。」

此時一輛漆黑的車停了下來，一名戴著白色手套，姿勢優雅的門僮打開車門，將附有輪子的行李箱推了出來。我們一邊側眼看著他們的情況，一邊偷偷摸摸地走進飯店大廳。

映入我們眼中的是一盞碩大的吊燈，走路會發出清脆聲響的地板應該是用大理石鋪成的吧。

「會場好像是在二樓呢。」

「學長，邀請函拿反了喔。」

我們穿過吊燈下方，沿著通往二樓的大型階梯往上走。樓梯上鋪著紅色的地毯，吸收了我們的腳步聲。

找到會場之後，宴會似乎已經開始，我們打算直接進去。

但是，接待人員卻說著：「置物間請往這走。」並把我們帶了過去。

「學長看起來就像個土包子呢。」

「濱波也差不多吧。」

我們將外套以及送給橘同學的禮物以外的行李寄放在置物間，接著走進舉辦宴會的房間。

會場並不是那種非常華麗的宴會廳。空間還算寬敞，但裝飾挺樸素的。優雅的設計醞釀出一股寧靜的氛圍，能感受到真正的高級感。

門口整齊地擺放著玻璃杯，在間接燈光的照耀下顯得閃閃發光。會場採立食形式，因此旁邊也放著餐盤。

牆壁的兩面是L型的全面落地窗，能看見被燈光照亮的庭院。

「那個人是橘學姊吧？」

濱波說道。

房間的角落放著一架三角鋼琴，橘同學似乎正在那裡跟幾名朋友談笑著。我一瞬間甚至沒能認出她來。

她將頭髮盤起，穿著一襲顏色高雅、肩膀附近有著蕾絲花紋的連身裙。或許是配戴著飾品的關係，看起來非常成熟。

「大家都穿著晚禮服呢。」

濱波看著自己的衣服，因為今天主要是要跟我一起購物所以穿的是連帽衫。雖然跟她可愛的形象非常相襯，但很顯然地不適合這個場合。當然，這方面我也一樣。

「我覺得濱波的連帽衫非常花俏，感覺很時髦喔。」

「就說不需要這種誇獎了。」

順帶一提，會場裡的所有男性都穿著西裝外套。

「快點把禮物送出去就回家吧。」

「就這麼辦。」

就在我打算走過去的時候。

橘同學在三角鋼琴的椅子上就座，隨興地彈起鋼琴，緊接著一位似乎是她朋友的女孩子也在一旁坐了下來開始合奏。穿著西裝外套和西裝褲的柳學長在附近面帶微笑地看著她們。

「雖然是理所當然的，但這種世界真的存在呢。」

「認真學習古典鋼琴似乎得花不少錢，而且相關人士聚在一起自然會變成這樣吧。」

我聽見了附近一對男女的對話，他們的年紀跟我們差不多，正在討論除夕新年假期如何安排，聽起來好像是要去國外的某個地方過年。

「我覺得打工和女朋友一起去京都很不錯喔。」

「濱波真溫柔呢。」

「因為學長的表情就像個迷路的小孩一樣嘛。」

我在這裡能搭話的對象只有橘同學，但是那位橘同學已經融入了這個世界。如果我去跟她搭話，她當然會毫不在意自己漂亮的髮型和衣服看著我吧，但是其他人的觀感又如何呢？

感覺自己簡直就像個異類一樣。

我們依然站在會場房間的出入口，附近設置了一張看上去像是置物的桌子。上面放著一些不曉得是接下來才要交換，還是已經換完的聖誕禮物。

這次我為了聖誕禮物查了很多資料，所以看得出來。

雖然有些逞強，但我買給橘同學的圍巾是有在打工的高中生勉強能負擔得起的牌子。不過放在這個房間桌上的名牌紙袋，每一個都是憑我的財力無法負擔的東西。

『收到自己難以下手的高品質名牌會很高興不是嗎？』

根據老妹她「對方會喜歡的禮物」的定義，我帶來的東西根本不合格。

對這裡的人來說，我準備的禮物品質既不優秀，也不算是名牌。雖然符合他們平時不會去買的意義，但是意義完全相反。

我環顧整個房間，接著看向自己髒兮兮的白色運動鞋，大大地嘆了口氣。

「學長，不能繼續待在這裡，快點回去吧。」

「是呢。」

我將買給橘同學的禮物放在置物台之後，準備走出房間。

就在這個時候。

「你是來做什麼的？」

橘同學的妹妹——小美由紀出現在我面前。她跟橘同學一樣盤起頭髮，身上穿著顏色不同的連身裙。

「請不要靠近姊姊。」

小美由紀瞪著我說道。

「學長，感覺你被討厭了耶？你做了什麼啊？」

濱波這麼向我問著，我回答道：「沒什麼大不了的——」

「只是把橘同學變回小學生，讓她叫我司郎哥哥——」

「從一開始就聽不懂！」

「那時候我便成了只要看到雙馬尾或學校泳裝就會失控的男人——」

「要我替你講出來嗎？那叫做戀童癖喔。」

「然後我打算對小光里（小學生）惡作劇的時候——」

「道德的門檻太低了吧！」

「被小美由紀（國中生）看到了。」

「那會變成心理陰影耶！亂七八糟！」

「我全面性的支持妹妹。」濱波站到了小美由紀的身邊。

確實，見到那副光景，會感到害怕的人或許是小美由紀也說不定。她看著我的雙眼正泛著些許淚光，手也微微地發著抖。雖然跟我面對面，但她的手臂微微張開，保持著隨時都能逃跑的姿勢。

「真是的，我到底被當成什麼了啊？」

「是戀童癖，這不是理所當然的嗎！」

哎呀呀，濱波真是毫不留情。

「姊姊已經有未婚夫了，請不要做奇怪的事情來欺騙她。」

小美由紀這麼說完，拿起我剛剛放在置物台上的禮物紙袋，走到房間外的垃圾桶前，接著露出困擾的表情，猶豫再三之後，小心翼翼地把紙袋扔了進去。

她非常不擅長對他人表現惡意，讓我覺得她確實是橘光里的妹妹。

「請、請快點回去吧！」

大概是有做了壞事的自覺吧，小美由紀明顯非常不安。因為不想繼續讓她感到混亂，我對她說了句「對不起喔」之後便離開了飯店。

外頭天色已經一片漆黑。

我回頭朝飯店看了一眼，那個地方十分遙遠。透過社群網站之類的地方，我知道有些人過著優渥的生活，但當我在近距離見到這一切時，才發現這個反差比想像中更加巨大。

在那裡的男男女女大概都很溫柔，要是他們知道我在害怕，肯定會用非常優雅的方式來打圓場吧。

「學長，我們快走吧。」

濱波拉著我的袖子催促我前往車站。

「等到成年之後，學長也能堂堂正正地待在這種地方啦。」

「誰知道呢。」

不如說當成年之後，應該會感到更大的隔閡吧。反而是小時候才什麼感覺都不會有。

我回想起在社團教室隔牆聽著橘同學彈鋼琴的事。

當時牧說我就像傑．蓋茲比一樣。是個描述在對岸看著心上人屋子燈光，喝著酒的男人的故事。那對男女之間有著非常大的隔閡。

的確，我覺得現在的自己應該能體會蓋茲比的心情，不過——

「我說濱波，我並不認為這樣很卑微，也不覺得自己很可憐。」

「是這樣嗎？」

我很清楚橘同學並不在意面子。要是我跟她搭話，橘同學一定會毫不在意其他人的目光，用平時的方式跟我交談吧。我也成功地說服自己，過年時與其去海外旅行，還不如用打工的錢跟她一起去京都比較好。我也沒打算耍帥，因此對於正大光明地把禮物交給她這件事也沒有絲毫猶豫。

「我只不過是在思考當下這麼做究竟有什麼意義而已。」

「是這樣啊。」

「我呢——」濱波裝作一副什麼都不知道的表情說著。

「比起會胡思亂想的學長，我比較喜歡在文化祭的舞台上像個笨蛋一樣接吻，或是變成戀童癖的學長喔。」

「我也是啊。」

而且恐怕橘同學也是一樣。

我跟濱波在車站分別，之後獨自搭上了電車。我一邊從窗外欣賞著夜景，一邊想著：「這下被柳學長擺了一道呢。」畢竟實際上，我的確為此感到沮喪。

之後電車抵達了終點站。我穿過剪票口，穿過擁擠的人群，來到約好的車站前廣場的大螢幕下方等待。

當我玩著手機打發時間時——

「嘿嘿。」

有人用手指戳了戳我的背後。我回頭一看，發現早坂同學正面帶笑容盯著我看。她的臉因為寒冷泛起紅暈，呼吸也成了白煙。隨後她看著我的臉，用開朗語氣說著：

「那麼開始吧，最後的聖誕約會！」

◇

二十五日的主軸是早坂同學。

「約會計畫全部都交給我吧，我有一直想做的事。」

幾天前，早坂同學笑著這麼對我說了。

然後當天晚上，會合之後她帶我到了一間普通的家庭餐廳。

雖然的確很好吃，但今天是聖誕節，總覺得可以稍微奢侈一點。

可是——

「不，這裡就好，這裡才好！」

早坂同學看起來真的很開心似的笑著攤開菜單。

「桐島同學要多吃點補充體力比較好喔，畢竟今天要一直待到早上嘛。」

說到這裡，早坂同學變得滿臉通紅。

「不、不是那個意思喔！我是說要正常的玩到早上……」

「我知道。」

早坂同學似乎一直有個想達成的理想約會，今晚的目標就是要完成這件事。順帶一提，她並沒有把內容告訴我。

我想應該是非常健全的計畫吧。

早坂同學穿著高領毛衣和長裙，幾乎沒有露出肌膚。

不是壞孩子，而是乖孩子的打扮。

點完餐之後，我們交換了禮物。早坂同學立刻拆開包裝拿出手套，看起來很開心。

「真開心呢，我一直想要好一點的手套，畢竟自己買不下手嘛。」

是我想見到的反應。

「不過，這是店員選的吧？」

「妳怎麼知道？」

「因為桐島同學不可能有這種品味嘛。」

早坂同學這麼說著並將手套貼在臉頰上，她的臉上一直掛著笑容。順帶一提，早坂同學送給我的是一頂毛線帽。當我戴起來之後，她再次開心地說著：「桐島同學變可愛了～」

「桐島同學，你又在煩惱橘同學的事了吧。」

早坂同學說道。

吃完飯後，我們走在夜晚的大街上。

「不要緊的。」

她牽著我的手，手上戴著我送給她的手套。

「橘同學最後絕對會選擇桐島同學的。畢竟都是女孩子，所以我看得出來。」

「是這樣嗎？」

「我想柳學長內心深處大概也很清楚橘同學的心是不會動搖的。所以，他在找我戀愛諮詢的時候，偶爾會撒嬌似的說些喪氣話。」

「如果柳學長放棄了橘同學，我想大概會來找我吧。」早坂同學說著。

「我最近經常感覺到柳學長很在意我。」

早坂同學看起來很高興。

剛認識的時候，每當早坂同學跟柳學長發生開心的事，隔天她總是會露出這種表情對我說。

但是，我現在這麼想著。

柳學長對早坂同學的好感完全就是第二順位。他最喜歡的人是橘同學，就連現在也正在跟我爭奪著。

對我和柳學長而言，早坂同學都只是備胎。

明明這麼可愛，這麼具有魅力，是個能成為第一順位的女孩子的說。

而就算在這種狀況下，早坂同學在被柳學長稍微溫柔對待之後，依然露出了堅強的笑容。

這令我陷入了一種難以形容的心情——

於是我抱住了早坂同學。

「怎麼了？桐島同學？」

我什麼話都說不出來。因為備胎這個做法是從我開始的。

「嘿嘿。」

早坂同學也回應了我的擁抱。

「真高興桐島同學這麼溫柔。」

她在我的懷裡輕輕跳著。

我們的心意完全錯開。我抱持著「好可憐」這種同情心抱住了早坂同學，但她卻因為被我緊抱而露出了開心的笑容。

這件事令我更加難過，雙手抱得更緊。早坂同學見狀更開心地把臉蹭了上來。

「不行啦～桐島同學，這裡是馬路上喔～」

接下來早坂同學帶著我前往的，是一間通宵放映的電影院。

我們在那裡看了三部電影。

第一部是由流行漫畫改編的電影。當我說出自己沒看過原作時，早坂同學笑著說自己也是一樣。看來觀看的電影內容似乎一點都不重要。

「真有趣呢，有些地方看不懂，得去看原作漫畫才行。」

「妳還是一樣認真耶。」

第二部是溫馨的紀錄片。中途當時間過了凌晨零點時，一旁傳來了打鼾聲。我雖然姑且戳了戳早坂同學的臉頰試圖叫醒她，但她只是睡眼惺忪地搖了搖頭，將頭倚靠在我的肩膀上熟睡著。

「真是感動呢。」

「妳說片尾名單嗎？」

放映結束後，早坂同學露出滿足的表情點了點頭。

第三部是黑道電影。既然時間來到凌晨兩點，也沒有其他的選擇了。

托第二部電影睡著的福，早坂同學的精神非常清醒，像個小孩子一樣。每當看到槍戰畫面的時候，她都會緊握住我的手。

我們就這樣看了整晚的電影。

離開電影院時，天色仍是一片漆黑。距離電車開始行駛還有一點時間。

「稍微走一會兒吧。」

早坂同學這麼說著，我們便在空無一人的繁華區走了起來。平時人滿為患的地方卻沒有人在，感覺真是不可思議。

二十五日至此完全結束了。

『聖誕節，我們就結束吧。』

雖然我刻意不提到這件事，腦中卻一直想著前幾天早坂同學說過的這句話。但無論怎麼思考，這句話都只有字面上的意思。

然後——

「最後，我可以再任性一次嗎？」

早坂同學終於說出了「最後」這個詞。

「可以喔。」

「我想要一枚戒指。」

早坂同學露出有些困擾的笑容說道：

「從小時候開始，我一直很憧憬能從喜歡的人那裡收到戒指。」

在凌晨的這個時段，百貨公司當然沒有營業，所以我們走進了二十四小時營業的折扣商店。店裡亂糟糟的，香水、手錶和戒指被陳列在同一個玻璃櫃裡。
我只留下回家的電車費，用錢包裡剩下的錢買了戒指。這並不是什麼貴重品。也沒有盒子跟保證書，只是一枚裝在紙袋裡的戒指。
離開店裡之後，我們又走了一段路。但因為太冷，我們決定進入車站等待首班電車。月台的候車室很溫暖，而且沒有其他人在。
我在裡面從紙袋裡拿出剛買的戒指，摘掉早坂同學的手套，把戒指戴在她左手的無名指上。
「嘿嘿。」
早坂同學很滿足似的盯著戒指這麼說道：
「桐島同學實現了我所有的夢想。」
我已經受到了車站候車室的寂寞氛圍影響。這裡只是個為了讓前往其他地方的人們稍作休息的地方，沒有人會在此逗留。
「今天的約會啊，是我想像自己上了大學之後，想跟自己喜歡的人一起做的事。」
早坂同學似乎認為自己高中不會談戀愛，等成為大學生之後才會交男朋友。
而今天做的事，就是那個未來的愉快日常生活的一部分。
「在家庭餐廳聊天，之後去看整晚電影，充滿睡意地揉著眼睛聊點感想。然後，蹺掉隔天的課。」
早坂同學開心地說著：
「然後啊，因為想像中男友是一個人住，所以我們會回到他房間，一起睡在他狹窄的床上。我會被他抱在懷裡，感覺非常幸福。」

「可是，事情沒有那麼順利呢。」早坂同學說道。

「其實我本來打算在看完電影之後，一邊散步一邊看日出的。可是卻因為天氣太冷進了車站……還跟桐島同學要了戒指……」

早坂同學說到這裡沉默了下來。

我也默默地看著月台閃爍的電燈。過沒多久，一台載貨列車駛過了車站。

當天色開始泛白時，早坂同學小聲地說著：「真的，一點都不順利呢。」

「我原本打算把今天當作最後的。畢竟桐島同學和橘同學兩情相悅，我夾在中間很奇怪。我知道自己給桐島同學添了麻煩，感覺腦袋也快要受不了了。」

早坂同學原本似乎想像自己在聖誕節的最後帥氣地對我說著：「你就跟橘同學一輩子在一起吧！」並藉此結束我們之間的關係。

可是——

「不行，我果然還是做不到。」

早坂同學低下了頭。

「因為是桐島同學嘛。成為大學生之後，想像著自己想談怎樣的戀愛時，對象全部都是桐島同學啊。」

我不想分手，也沒辦法就此結束。

雖然早坂同學的眼角被頭髮遮住看不見，但能見到淚水從她的臉頰滑落。

「對不起，對不起。桐島同學，對不起。」

我知道這是一句不該說的話。

這件事絕對不能說出來，我刻意不提，也裝作沒發現。

但是——

早坂同學雙手摀住臉頰，哭著開了口：

「我最喜歡桐島同學了。所以，想跟桐島同學當一對普通的情侶。」

◇

新的一週開始，都內冷到感覺路面都快結冰了。

因此我戴著早坂同學送給我的毛線帽前往學校。

如果被橘同學看見，我想她一定會用不愉快的眼神盯著我看，但要是沒戴的話也一樣，早坂同學肯定會露出冷淡的笑容對我說：「明明天氣這麼冷耶？」之類的。

但是，這種被兩人夾在中間的日子，已經結束了。

「請你在我跟橘同學之間做出抉擇。」

那一天，早坂同學這麼說了。

「因為我的第一變成桐島同學了嘛，我已經不想當備胎，也不想繼續共享了，我想當桐島同學正式的女朋友。」

我也很清楚自己或許不會被選上。但是，我不想再繼續這樣下去了。

早坂同學這麼說著。

於是，我決定要做出選擇。

我從一開始就知道共享是不可能成功的。顯然無論是早坂同學還是橘同學，她們其實都不想這麼做。

該是時候承擔這場由我開始的戀愛責任了。

不過，如果說要做出選擇，我想橘同學肯定會很不情願吧。由於家庭因素，橘同學見不到跟我之間的未來。對她來說，一場不普通的戀愛還比較方便。

實際上，橘同學的煩惱與其說是共享，不如說是被柳學長動搖更讓她感到困擾。

告訴橘同學自己要做出選擇實在很沉重。

就在我想著該如何是好，走到校門口的時候。

「司郎！」

充滿青春氣息，笑容滿面的橘同學正在等著我。她看起來非常興奮，我戴著早坂同學送的帽子這件事對她來說似乎一點都不重要。直覺敏銳的她不可能沒發現這件事，但是她的心情好到根本無所謂。

「我幫你提書包進教室吧？」

「這樣感覺像是我要求妳提的耶。」

「沒關係吧。」

橘同學揹起了我的書包，看來她似乎想把我的東西帶在身上，無論是什麼都無所謂。

「大家都在看喔。」

「那麼得讓他們多看一點才行。」

橘同學挽住我的手臂，整個身體貼了上來。當四周有人說著：「他們聖誕節絕對做過了吧。」的時候，我覺得會這麼想也無可厚非。

而橘同學似乎毫不在意其他人所說的話，理由很簡單。

我看著橘同學的脖子。

她圍著一條紅色的圍巾。

「司郎真是害羞呢。」

橘同學用圍巾摀著嘴巴，彷彿在聞味道似的得意地深深吸了口氣後說著：

「居然把禮物交給妹妹就回去了。」

結果，小美由紀似乎好好地把被她扔進垃圾桶的禮物交給了橘同學。不過依照她的說法，小美由紀好像不是覺得對我過意不去，而是敗給了橘同學才把東西送給了她。

那天橘同學在派對結束後，似乎也一直在那個飯店的大廳等待著。

「因為我覺得司郎會來。」

據說小美由紀是在經過兩個小時之後，說著：「有個戴眼鏡的人來過還寄放了禮物，但我忘記了。」並將裝有圍巾的紙袋交給了橘同學。

結果在早上一起走進校舍的時候，我沒能說出自己會做出選擇的事。

下課時間和午休時也一樣。

看著橘同學圍著我送她的圍巾，露出幸福的表情坐在自己的位置上，我什麼話都說不出口。

橘同學這天似乎一直圍著圍巾，即使在上課中也一樣。跟她同班的女同學告訴我，當她因此被老師提醒時，她也不用「因為會冷」當作理由，而是一臉得意地說著：「這是男友送我的。」聽說她就連在寫悔過書的時候也是笑咪咪的。

我不想對她潑冷水。

但是，如果決定要做出選擇，我就只能說出來。

這是放學後發生的事。

今天是橘同學的日子。我走進社團教室時，她已經泡好咖啡等著我的到來。就算在暖氣很強的房間裡，她依然圍著圍巾。

當我坐上沙發之後，橘同學立刻像一隻搖著尾巴的小狗般興奮地來到我身邊。

「今天要做什麼？要出門嗎？我光是能一起待在社團教室裡就非常滿足了。如果要選的話，我覺得這樣比較好！」

橘同學將頭靠在我的肩膀上。

但是，當我把跟早坂同學談話的內容，以及自己會做出選擇的事情告訴橘同學之後，她的表情逐漸變得冰冷。

「為什麼？為什麼你要說這種話呢？」

她離開我身邊，露出像是一隻被雨淋濕的迷路小狗般的表情說著。
「共享不就行了，司郎也覺得這樣比較好吧？」
橘同學雖然情緒低落，但並沒有感到驚訝或憤怒。
她應該很清楚這一天終究會到來。
「旅行該怎麼辦？」
「早坂同學說可以等旅行結束後再做決定。」
「因為我得到了聖誕節。」早坂同學是這麼說的。
「那樣的話……就沒辦法享受了……」
我曾考慮過是否該等旅行結束後再將自己決定做出選擇的事情告訴橘同學。
但是，我認為之後才讓她知道我是懷著這種心情去旅行的話不太好。
「在旅行前做決定比較好嗎？」
「不要，我想去旅行。」
橘同學露出難過的表情這麼說著。
「我什麼都還沒決定。」
「司郎會選擇早坂同學的。」
這是因為我無法處理橘同學的家庭狀況。考慮到橘同學的將來，我會選擇早坂同學，她是這麼想的。
「欸，一起說服早坂同學，繼續共享吧？表面上的女友讓早坂同學當也沒關係，就算司郎以早坂同學優先也無所謂，我會忍耐的。」
就算我再次說出「我什麼都還沒決定」，橘同學依然認為我會選擇早坂同學。
「我不希望這次旅行變成最後。」
橘同學顯得有些慌張。
「司郎真的沒關係嗎？就連這次旅行都可能會去不了喔？」
據說是遭到了母親反對。
橘家似乎原本就有跟家人共度新年的習慣。當橘同學打算用跟朋友去旅行來進行突破時被妹妹告了狀，說姊姊不是跟柳哥，而是跟一個戴眼鏡的男人去旅行。
「我明明什麼都沒跟妹妹說……為什麼要跟司郎一起去的事情會被發現呢？」
我看著放在桌上的筆記，據說是橘同學為了京都旅行，在家裡做好的旅行手記。
她用多種顏色的筆在封面上大大地寫著：
『被司郎單方面愛著的周遊古都之旅～司郎每天會吻我一百次～』
為什麼會被發現呢，我不解地偏了偏頭。
「反正司郎肯定會說『家人和睦相處比較重要』之類的話，然後取消這次的旅行吧？畢竟只要提到我家的事，司郎都會退縮嘛。」
的確，這方面的事我總是猶豫不決。
但是──
「我們還是去旅行吧，我很高興妳做了旅行手記。」

「已經不行了。」

「我會想辦法的。」

「不可能有辦法的。」

橘同學自暴自棄地說著。看來她因為婚約之類的事，對母親有許多不滿。

不過——

「我覺得橘同學的母親不是那麼不講道理的人。」

「是因為司郎不了解她才能這麼說。」

「是嗎？我會試著拜託她讓我們去旅行的。」

「咦？」

橘同學露出了疑惑的表情，接著像是想到什麼似的瞪大眼睛說道：

「司郎，你在哪裡打工啊？」

第27話　分手吧！

最近我一直被早坂同學、橘同學和柳學長牽著鼻子走。但是，我也並非沒有採取任何動作。
「我從一開始就覺得有什麼隱情了，畢竟你跟我女兒讀同一所學校。」
店老闆玲女士喝著國見小姐替她倒的豪格登白啤酒這麼說道。
「不過，沒想到會是光里的男朋友啊。」
這是在我打工結束，店裡打烊後發生的事。
服務生們都離開了，我們在店裡的桌子坐著交談。國見小姐說著：「加油吧少年！」之後，把啤酒和通寧水放到了桌上。
「旅行的事我了解了。」
玲女士說完，將一個信封放在桌上。
「我提前付你薪水，請別讓我女兒住奇怪的地方。」
原以為她還會說些什麼，但玲女士很乾脆地答應了我們的旅行計畫。正當我感到困惑的時候，她帥氣地說著：「我沒有不解風情到會對高中女兒的戀愛說三道四。」
「話說回來，桐島的做法真是傳統呢。你是不是想過要用感動的演講來說服嚴厲的母親啊？」
「一開始是的。」

見到橘同學母親經營的音樂酒吧在徵人之後，我立刻就去應徵了。

顯然，讓我們的關係變得這麼複雜的原因，就是橘同學和柳學長的婚約。只要能設法處理這件事，很多問題都能迎刃而解。

「那麼，實際見到我之後，你怎麼想？」

「跟印象中完全不同。」

是個聰明又帥氣的人。在某種意義上，她的確符合橘光里這個特別女孩的母親形象。

「我告訴過光里，她可以解除婚約。」

柳學長父親的公司名下有著許多不動產，這裡也是其中之一。他們以都內來說難以置信的低廉價格租給了玲女士。

「畢竟也只是付出本來該付的租金而已。」

但要是這麼做，店的經營將會受到影響。玲女士付給服務生和登台演出音樂家的薪水比其他店家來得高。要是租金上漲利潤縮水，那些人能拿到的錢或許就會變少，甚至可能連原本三間店的數量都會減少。

「光里雖然不擅長思考複雜的事，但能夠憑直覺了解這些喔。」

「或許我也太依賴光里了。」玲女士這麼說著。

「咦？」

「但是這些前提都已不復存在，現在光里能夠毫無風險地解除婚約了。」

「看來你不知道呢。」玲女士說著。

「柳說服了他父親喔。無論光里會不會跟柳結婚，這家店的租金都會一直維持低廉的價格。」

這也就是說——

「光里可以自由地談戀愛，只不過會欠柳一個大人情就是了。」

「身為母親，我對讓自己的女兒陷入這種狀況感到很抱歉。當然，也對你感到抱歉。」玲女士說道。

「不過，活在世上就是會遇到這種事情喔。」

「我似乎，能夠理解。」

「話說回來，我想先確認一件事。」玲女士說道。

「基本上，光里跟桐島之間已經不存在任何會妨礙你們的事物了，但你真的會選擇光里當女朋友嗎？」

玲女士宛如玻璃珠般的雙眼注視著我，就像是看穿了一切似的，使我心想這個人果然是橘同學的母親。而且她比橘同學更成熟，似乎不打算多說什麼。

「隨便你們吧，畢竟這是你們的戀愛。更何況柳做了這麼多，光里肯定會有所動搖才對。」

「總而言之——」玲女士這麼說著站了起來，將手放在我肩膀上。

「別讓我女兒傷心。」

◇

十二月三十一日，除夕。

橘同學坐在客廳的暖桌邊，一邊看著紅白歌唱大賽，一邊吃著橘子。

「哇啊，橘姊吃橘子的方式跟哥哥一樣！」

跟橘同學一同鑽進暖桌的妹妹看著她的手說道。

「把絲全部剝掉比較好吃喔。」

橘同學不斷將橘子放進嘴裡，場面非常和平。因為從元旦開始要去旅行，橘同學提前帶著行李箱來到我家。她穿著我的運動服鑽進了暖桌，完全跟我家打成了一片。

「我也來吃橘子吧。」

我這麼說著也鑽進暖桌，邊吃橘子邊看電視。這段期間我跟橘同學並不怎麼交談。

「難不成我妨礙到你們了？」

聽見妹妹這麼問，橘同學搖了搖頭，玩鬧似的抱住她倒在地上。

「橘姊好香喔～」

妹妹很開心地說著。

時間就這麼悠閒地流逝，跨年的時間逐漸接近。

「去新年參拜怎麼樣？」

老媽這麼對我們說。因為覺得一直這麼懶散也不太好，我立刻做起了準備。

妹妹還說出了「讓你們兩人獨處吧～」這種話。

「司郎，借我外套。」

「是可以，但妳自己有吧？」

橘同學並未做出回答，而是從我手上接過了羽絨衣。

外面非常冷，但真不愧是除夕，行人非常多。大家都朝著附近的神社走去。甚至有人拿著要供奉給神社的老舊破魔箭。

我牽著橘同學的手走在路上。因為太晚出發的緣故，走到一半就已經過了新年，於是我們互相說了「新年快樂」。

我們排在神社的隊伍中，搖響鈴鐺，拍手祈禱。

不過我來新年參拜的並不是為了做這些事，而是隱約有股預感。然後，那個預感應驗了。

「新年快樂。」

這麼向我們搭話的人——

是柳學長。

在看到柳學長的瞬間，橘同學明顯地產生了動搖。她先是露出為難的表情，隨後變得面無表情，接著像是不知該如何是好似的緊緊閉上了眼睛。

見到她的模樣，柳學長露出了難過的表情。

「對不起，讓妳困擾了。」

沒錯，橘同學正感到困擾。

柳學長說服父親解除了婚約，讓橘同學恢復了自由。接著柳學長對她說了：「希望妳能在自由的情況下跟我交往。」

現在橘同學無論做什麼都不會造成負面影響。

「沒關係的，如果不想跟我見面就直接這麼做吧，不必替我著想。」

學長這麼說著。

但是橘同學肯定做不到吧。她是得到學長幫助才能夠無憂無慮地過生活的。要她狠心拋棄學長，輕易接受跟其他男人變得幸福的自己，似乎不太可能。

如果想這麼做，橘同學過於善良，對學長的感情也太深了。

「我一直小看著某些事。」

「很遜對吧。」學長這麼說道。

「從小時候開始，我做什麼都是第一名。無論是念書還是運動，不必努力就能比別人優秀，只要露出笑容就能交到朋友，也能讓女孩子喜歡上我。雖然我因為受傷放棄了足球，但還是覺得能在其他事情上獲得成功。」

他似乎覺得戀愛也是一樣。

「我一直覺得小光的事也會像那樣。明明人心跟讀書或運動都不同，但我卻不明白這件事。」

所以學長才決定打破自己，跟名為婚約的枷鎖。

「欸，小光，雖然我是個無趣的男人，但這樣是不是就能跟小光對等了呢？」

「那個……」

橘同學雖然想說些什麼，但在看了我一眼之後選擇沉默。

儘管學長說著「沒關係」，但他的語氣卻十分堅定。

「我並不打算強迫妳。不過，要是妳多少對我有些好感，有那麼一丁點可能性的話，請妳好好考慮。」

學長注視著橘同學的眼神中，蘊含著強烈的意志。

「我喜歡橘光里。不是以未婚妻的身分，而是希望妳當我的女朋友。」

他簡直就像是故事的主角，直來直往、純粹，甚至還帶點自我犧牲的感覺。

橘同學摸著自己的髮梢，這是她感到動搖時的習慣。

「妳要去旅行吧？回來之後再考慮也沒關係，我會一直等下去的。」

學長說完後就離開了現場。他雖然看起來想對我說些什麼，但似乎刻意忍了下來。大概是些不想讓橘同學這個自己喜歡的女孩子聽見的話，以及不想讓她看見的表情吧。

當他離開時看著我的目光沒有絲毫親切感。我的直覺告訴我，自己和柳學長再也不會並肩站在一起了。

接下來我們像是什麼都沒發生似的抽了籤，綁好之後踏上歸途。

「……司郎。」

橘同學牽著我的手，將身體倚靠了上來。

「選我吧。這麼一來，我就會徹底壞掉。」

不會再考慮其他的事。
只會注視著司郎一個人。
所以，選擇我吧。
她這麼說道。

◇

「司郎可以坐窗邊喔。」
「我坐走道就行了，橘同學喜歡坐窗邊吧。」
橘同學是個各方面都稚氣未脫的女孩子，肯定比我更喜歡坐在窗邊。
「司郎在裝成熟……明明還是個小鬼頭……」
橘同學這麼說完後在窗邊就座。當新幹線從月台出發之後，她盯著窗外，雙腳不停地擺動著。
這是元旦那天，我們搭乘東海道新幹線前往京都時發生的事。
由於大多數人都已經結束返鄉行程，車廂內非常空曠。
電車一直行駛到靜岡附近都很順利。天氣非常晴朗，我們在看見富士山之後興奮了起來。但是當來到名古屋一帶時，新幹線的速度逐漸變慢。
天空開始下雪並堆積了起來。
因為米原附近積雪的緣故，車內響起了將會延誤的廣播。

從窗外看到的雪景充滿風情，有種世上只剩我們兩個的感覺，無論如何都會營造出「最後的旅行」的氛圍。

我還沒決定要選她們之中的哪一個。

但是，這場下個不停的雪為我們的旅行增添了一抹悲傷的色彩。

這使我忍不住思索了起來。

當這場旅行結束後，我會跟早坂同學或橘同學分手，跟另一方成為一對普通的男女朋友。歷經一番波折之後，許多事情將會結束，然後逐漸恢復平靜。我感覺到自己已經迎來了這個循環的最終局面。

放寒假前，早坂同學在教室裡對我說道：

「你要好好地回來喔。回來之後，我希望你能選我。」

早坂同學露出平時那有些困擾的表情，開朗地笑著。

「我知道桐島同學和橘同學兩情相悅。但即使如此，還是希望你能選我。很莫名其妙對吧？但是，我希望你這麼做。」

「我會等你，因為我相信你。」早坂同學這麼說著，並像是在祈禱般抓住了我制服的下襬。

至今我一直把橘同學家裡的情況當作藉口，跟橘同學和早坂同學兩人做了各式各樣的事情。

不過，橘同學家裡的事情已經被柳學長給解決了。

這麼一來，我應該跟橘同學交往，和早坂同學分手才合乎常理，我心裡清楚得很。但是，至今我遲遲不肯放開早坂同學，難道真的是跟一開始預定的一樣，只是把她當作第一順位的戀情沒能實現時的保險嗎？

我開始想像選了橘同學時的情況。

早坂同學被其他男人抱在懷裡的場景浮現在眼前。那個男人可能是柳學長，也可能是某個不認識的男人。

不要，我這麼想著。

然後，產生這種想法的我的腦袋開始受到侵蝕。

滿腦子都是之前早坂同學說給我聽的場景——

無論如何，做出選擇都是個嚴肅的問題。我最喜歡的人是橘同學。但我必須承認，自己對早坂同學有著純粹的深厚好感，以及扭曲的獨占欲。

沒錯，扭曲的獨占欲——

「司郎。」

當我回過神來，橘同學正從旁邊拉著我的衣袖。

「別再這麼做了。」

我跟橘同學做任何事都很契合，所以她總是能察覺我的想法。

但就是因為這樣，我也能理解橘同學的煩惱。

得到柳學長這麼多的幫助，妳真的能夠在得到自由後乾脆地跟學長道別嗎？

妳很感動吧？對他產生了好感吧？

妳真的能夠在深深傷害柳學長和早坂同學之後，依然跟我繼續交往下去嗎？

我像是在詢問這件事似的看著橘同學。

不如說，想著跟我到此為止的人或許反而是橘同學吧？

沒錯，橘同學無庸置疑喜歡著我，也非常理解我。正因為我們兩個能夠完美地理解彼此喜歡對方的心意，才能夠為了其他人結束這段關係。

「最後的旅行」這種感覺，或許是出自橘同學的內心深處也說不定。

「不要繼續想下去了。」

橘同學再次露出小狗般的表情說道。

「旅行途中別胡思亂想，保持愉快的心情吧？」

這麼說著的她眼前，有一台車內販售的推車。

此時剛好有個中年大叔攔下了推車。

新幹線、車內販售、大叔、愉快的心情——

「絕對不行。」

「司郎真小氣。」

但是，當我上完廁所回來的時候——

「妳為什麼買了啊！」

她的手上已經多了啤酒和魷魚絲。

「這樣就能炒熱氣氛了。」

「話說回來，妳是怎麼買的啊？車內販售的大姊姊不可能賣給妳吧？」

橘同學怎麼看都不是成年人。

「我告訴她是哥哥要我買的。要是在哥哥回來之前沒買到就會被揍，回家之後會被關起來，她就賣給我了。」

「這說法真是亂七八糟耶。」

接著「喀嚓」的聲音響起。

「慢！」

我還來不及阻止，橘同學已經雙手拿起啤酒罐，下定決心似的用力閉上眼睛，咕嚕咕嚕地喝了起來。

「————噗哈！」

真是的。我坐回到座位上，嘆了口氣做好覺悟。

橘同學的臉頰變得愈來愈紅。

然後——

「司郎！」

她淚眼汪汪地抱了上來，搖晃著我的身體。

「不要拋棄我啦～！我什麼都會做，什麼都願意做嘛！」

等橘同學清醒之後，再去質問她吧。

明明是個喝酒會哭的人，為什麼覺得喝酒能炒熱氣氛啊？

新幹線在大幅延誤之後抵達了京都站。原本制定的行程徹底亂掉。總之我們先去參觀了京都站附近的東寺四天王立像，以及三十三間堂的千手觀音像。

「明明妳還特地做了旅行手記呢。」

「無所謂。只要能跟司郎在一起，做什麼都行。」

我牽著因為喝啤酒變得愛撒嬌的橘同學的手，走在積雪的大街上。

太陽逐漸下山，我們吃完拉麵，搭上公車離開市區。

我們要住的旅館位在京都北方，那裡有條大河經過，設有一座橋，能是個感覺到山林孤寂氣氛的地方。那間溫泉旅館有著日式風格。我們走進大門，穿過庭院進入主屋。

辦理入住手續的是橘同學。她熟練地填寫著資料，並將有玲女士簽名的未成年入住同意書交了出去。

接著年輕的女服務生引領我們前往房間。

雖然服務生在介紹旅館的時候表現得非常優雅、凜然，但她在看著我們時，眼神透露出了些許的好奇心。

畢竟見到了一對看似高中生的男女來旅館過夜，我能理解她的心情。

此時橘同學或許是想掩飾什麼，她突然抓住了我的袖子說道。

「司郎哥哥……」

不，那太勉強了吧。

女服務生偏著頭看著我和橘同學的臉。

「哥哥，等進房間之後，要幫光里刷牙喔。」

隨後她瞪大了眼睛。

「欸，還要欺負光里到人家吐出來嗎？」

接著一臉驚愕地看著我。

「光里最喜歡哥哥了。就算被打、被欺負、被處罰也還是最喜歡哥哥。所以哥哥……不要拋棄我。」

女服務生帶我們到房間之後，逃跑似的離開了現場。

「橘同學，妳玩過頭了。」

「那樣子根本算不上是在玩。」

房間裡雖然也有浴室，但機會難得，我前往了大浴場。

我泡在露天澡堂裡，一直盯著掛在樹枝上的雪掉進熱水裡融化的模樣。

當洗完長時間的澡回房時，橘同學已經換好浴衣躺在被窩裡。她雖然醒著，但背對著我，看起來不想說話。

我也為了明天做準備，把燈光調暗，鑽進自己的棉被裡。

我們鋪在榻榻米上的墊被只隔了一點點距離。

她依然背對著我不發一語。

橘同學是在心情亢奮時制定旅行計畫的，時間長達三天兩夜。但我們卻沒能好好享受，無論如何都會煩惱起將來的事。

雖然能像剛剛那樣在短時間內開起玩笑，不過當夜深人靜的時候，就沒辦法繼續蒙混過去。我就這麼靜靜地眺望著天花板。

最後在即將入睡時，我才發現橘同學的肩膀正微微地顫抖著。而房裡的暖氣其實開得很強。

於是我鑽進橘同學的被窩，從身後抱住了她。

橘同學不發出聲音地哭泣著。她邊哭邊滑動手機的畫面，看著每一張跟我一起拍的照片。

那是秋天到冬天這段時間，橘同學還是青春模式時拍下的。

是我們呆愣地做出勝利手勢的照片、臉沾著鮮奶油一起享用可麗餅的照片、一起搭乘摩天輪的照片，以及今天，我在新幹線上睡覺的照片。

看完這些照片之後，橘同學將手機放在枕邊，轉身擁抱並吻住了我。一次又一次拚命地將嘴唇貼了上來。

這是個像是在討好人的吻。

平時冷漠又高傲的橘同學流著眼淚，像是在哀求似的吻著我。

我很清楚她那懇求的表情所代表的涵義。

於是，我將手上握著的東西拿給橘同學看。

那是我狡猾和卑鄙的象徵，是我人渣的證明。

裝有保險套的小盒子。

橘同學看了之後，用悲傷的表情開了口：

「一切都當作沒發生過就行了，所以——」

◇

我什麼都不想思考。

橘同學和我有著同樣的想法，這趟旅行完全就是在逃避。在這塊陌生的土地上，下著雪的夜晚裡，我們在棉被裡感受著心上人的體溫。

我們脫掉彼此的浴衣，互相擁抱在一起。

我感受著橘同學光滑的肌膚，撫摸著她的背和大腿。橘同學發出空虛的喘息，懇求似的伸出舌頭，我接受了她的舌頭。

我們緊緊地擁抱在一起，互相觸碰著身體的各個部位。

純情的橘同學雖然一瞬間因為驚訝繃緊了身體，但她很快就露出下定決心的表情，用力地抱住了我。

橘同學一邊吻著我，一邊挺腰將身體貼了上來。

我們想更緊密地交疊在一起，想將這滿溢而出的、名為喜歡的情感完全傳達給對方。

當我們的嘴唇分開，唾液拉出了一條絲線。

我們已經什麼都沒有，只剩下現在了。

我掀開被子，看著橘同學全身。在從窗外射進來的夜晚燈光照耀下，她的四肢白皙到令人吃驚的地步，十分漂亮。修長的手腳，緊實的腹部。由於暖氣開得很大，她的身上微微地滲著汗。

被我仔細觀察著全身，橘同學害羞地扭動著身體。但是，她沒有地方能夠藏身。

我將身體擠進橘同學的雙腿之間，整個人壓在她身上。然後將手伸到她背後解開衣釦。

至今為止，橘同學總是用戀愛遊戲當藉口跟我做著這種事。但由於她個性純真，因此從未做過直接性的行為。

就算是現在，她也是十分害羞似地偏過頭去。不過——

全部摸一遍吧。

橘同學小聲地這麼說完，接著把臉埋進枕頭裡。

我衝動地舔著橘同學的胸部。每當我動起舌頭，她的身體就會高高仰起。

橘同學白皙的身體在我下方不斷扭動著。

這是只會讓我見到的凌亂模樣。

為了再多看點橘同學的這副模樣，我不斷地撫摸、舔舐著她的胸部。

橘同學緊握著床單，隨著我的動作反覆地弓起身體，讓腰挺了起來。

我喜歡橘同學。無論是她敏感的地方，還是無視她本人意願，淫靡地變得濕潤的部位。

當橘同學持續發出不成聲的嬌喘，肌膚變得熾熱時，我將手伸向了她因為濕潤而變色的內褲。

她反射性地用力抓住了我的雙手。

就這樣僵持了一會兒，最後橘同學靜靜地鬆開了手。

我們光著身子再次緊抱著彼此接吻，將身體貼在一起，感受著對方的肌膚。

接著我起身，拿出一個保險套並戴了起來。

橘同學見狀用手摀住嘴巴，縮起身子。但當我走到她身邊，輕輕扳開她的雙腿時，她也沒有絲毫抵抗。

因為很害羞，所以不要一直盯著看。

這麼說著的她，表情就像個少女一樣。

我將身體壓在橘同學身上。

能感覺到她十分緊張。

但我已經停不下來了。我想跟橘同學合為一體，想把橘同學變成自己的東西。不想將她交給任何人，想要盡情宣洩慾望，想把自己喜歡的心情傳達給她，讓她不再哭泣。

我如同陷入其中一般，逐漸進入她的身體。順利的只有一開始，由於已經濕了，只要一推就能進去，但因為太過狹窄，有種被推回來的壓迫感。愈是深入就愈有種強行進入的感覺，令人擔心。

橘同學的感覺十分敏銳。

她緊緊地皺著眉頭，看起來相當難受。

我不禁停下了動作，但橘同學即使感到痛苦，卻依舊搖了搖頭。

於是，為了不被狹窄的部分推回來，我用力地朝橘同學挺起腰部。

我進到了，橘同學的深處。

有種徹底進入女孩子體內的感覺。那感覺非常舒服，不僅是肉體方面，更有一股被完全包容，精神面的快感。

橘同學用非常感動的表情說著。

好痛。

眼角噙著淚水的她一邊這麼說，一邊用盡全力緊抱著我。

我暫時維持這個姿勢，感受著橘同學的呼吸和心跳。

這是因為只要稍微一動，橘同學就會很痛似的皺起眉頭。

不過——

橘同學用一副難受的表情說了：

「我並不是想要變得舒服。」

沒錯。

我們是真心喜歡著對方，但這或許會是最後一次旅行。因為想要更加確認彼此的感情，想要在彼此身上留下這份心情的證據跟痕跡，像是在互相傷害般緊抱著對方。

於是我動了起來。

因為疼痛，橘同學用指甲抓著我的背，但我依然動個不停。橘同學明明看起來十分疼痛，但我卻覺得那濕潤的壓迫感十分舒服，快感迅速傳遍了全身。

我的腦袋、以及全身都變得熾熱。

那個瞬間很快就到來了。

那是一股難以言喻的快感。我忍不住發出聲音，用力地抱住橘同學。視野不斷閃爍，彷彿全身都被喜歡橘同學的感覺給淹沒了一般。喜歡喜歡喜歡喜歡，因為身體抖動得過於劇烈，我就像大腦短路般咬住了橘同學白皙的脖子。此時橘同學要我多咬一點，於是我用力地咬了下去。

我用力地抱著橘同學，彷彿她的脊椎會被我折斷似的。而她雖然發出了難受的聲音，卻還是用雙腳夾住了我的腰。

我們緊緊地聯繫在一起。

當視野和意識完全恢復之後，我渾身無力地被橘同學抱在懷裡。

她抱著我的頭，反覆地親吻著我的鎖骨和頸項。

在快感的餘韻中，橘同學在我耳邊說著。

我變成司郎的女孩子了。

被弄壞了——

◇

第二天早上起床後，橘同學一句話都沒跟我說。

她一直保持沉默。雖然穿著跟昨天一樣的外套跟長筒靴，但她卻深深地戴著鴨舌帽，不肯露出臉來。不過當我說出「差不多該出發了」、「去吃早餐吧」之類的話時，她會點點頭後完全照我說的話做。

開始觀光之後，她才稍微願意開口。

「要搭巴士去嗎？」

「…………喜歡。」

「搭電車好像也可以。」

「…………喜歡。」

總之我們沿著橘同學做的旅行手記上寫的地方逛了一遍。

橘同學一直挽著我的手臂。因為想看她的臉，我悄悄地拿掉了她的鴨舌帽，只見她發出：「嗚咪！」這種莫名的聲音迅速搶回帽子，接著再次壓低帽緣，生氣地說著：「很害羞耶，不准看我！」

我們就像這樣參觀了清水寺、在三年坂散步，還買了香。

這天晚上，我一躺進被窩就立刻睡著了。雖然想過要繼續做，但昨晚橘同學那麼難受，又害羞到不肯讓我看到臉，我以為不會再有這種事了。

但當我半夜從睡夢中醒來時，橘同學已經鑽進了我的被窩裡。

只見她坐在我身上，拚命地親吻著我的脖子和胸口。當她發現我醒了之後，隨即擺出一副懇求的表情。

橘同學身上已經只剩下內衣了。

我瞬間打開開關，撲倒了橘同學。

橘同學用充滿期待的目光看著我說：「做吧。」

於是我吻了橘同學，撫摸著她的身體。因為橘同學非常敏感，所以光是這麼做就讓她將腰挺了起來。

她的脖子上有昨晚被我咬過的痕跡，上面還滲著血。我一邊道歉，一邊舔著她的傷口。

「沒關係，我很開心……」

我們緊緊抱著彼此。

想到昨天的快感，我立刻有了那個興致。橘同學發現之後，接著說了：「可以喔。」脫下內褲一看，才發現她也徹底做好了準備。

「都是因為司郎不肯鑽進我的被窩……遲遲不肯醒來的關係……」

我一直在用手指做——她這麼說著。

於是我再次沉入了橘同學體內。依舊是這麼狹窄，而且充滿壓迫感。

當我完全進去時，橘同學的表情與其說是疼痛，不如說是難受。

「我能從內部感覺到……司郎在我的裡面……」

因為不想再讓橘同學感到疼痛，起初我幾乎沒有動作。

只是維持姿勢抱在一起、互相接吻、觸摸胸部、舔著耳朵。

在那之後，我非常緩慢地動了起來。

橘同學的表情從痛苦變成了滿足。

「司郎，我喜歡你。」

我們深深地擁抱著彼此。

沒錯。

我們喜歡著對方，因為想傳達這個感情才擁抱在一起，但光是這麼做不足以表達對彼此的喜歡，為了傳達不足的部分而接吻，甚至做出這種行為。這並非是不健全或是應該避諱的事物。而是非常尊貴的行為，我是這麼想的。

當我們像這樣確認彼此的感情，觸摸著彼此的時候。

橘同學發生了變化。

她表情變得恍惚，呼吸中夾雜著甜膩的感覺，我情不自禁地加大了力道。

緊接著橘同學的表情變得更加陶醉，開始發出呻吟。

她的模樣非常煽情，使我忍不住更加用力。

水聲響起。

橘同學發出了高亢的叫聲。

直到剛剛，我都認為這是非常尊貴的行為。但是，這或許是某種更加特別，更加無法挽回的事物也說不定。

我瞬間產生的這種想法，被快感輕易地蓋了過去。

橘同學以自己那個部位發出的水聲為契機，她似乎徹底打開了開關，在我的身體下方自行動起了腰。

換作平時，橘同學大概會說出「不是的，是我的腰擅自……」之類的話，但現在她已經失去了理智。

「司郎……我喜歡你……啊、啊……我喜歡……司郎……啊……」

像是在自言自語般重複地說著。

她的身體不斷仰起，間隔愈來愈短。與此同時，我被緊緊地夾著。

然後——

橘同學發出更加高亢的叫聲，全身激烈地顫抖著。我也直接感受到了那股震動，難以言喻的快感湧了上來。

我想橘同學也感受到了我昨晚體驗到的快感。

所以——

我更用力地動了起來。

「司郎，不行！現在不可以動！」

再這樣下去我會變得奇怪的！橘同學發出了類似悲鳴的呻吟聲。

我想讓她變得奇怪，想把她弄壞。

想讓她成為只屬於我的女孩子。像是這趟旅行之後會有什麼變化，還是要站在什麼立場思考之類的，這種裝好人的場面話一點都不重要。

我是個有感情的人。

我壓住在我身體下方掙扎的橘同學，在她耳邊說著：

「妳是屬於我的女孩子吧？」

橘同學一邊喘氣，一邊不停地點頭說著：「我是司郎的女孩。」

「喜歡的人只有我一個吧？」

橘同學顫抖著身體，再次不停地點著頭，說出了：「我只喜歡司郎。」

我再也忍不住了。

快感逐漸升溫。

隨後，我再次沉浸在跟昨晚相同的快感奔流之中。

我們一起走進了房內的浴室。

雖然很小，但是個有檜木浴缸的正式溫泉。

被我抱在懷裡的橘同學表情十分陶醉。她不時會轉過頭來，輕輕地吻我一下，接著再次恢復陶醉的表情。

她的黑髮已徹底沾濕，水滴從她白皙的脖子上滑落。

橘同學浸泡過熱水的肌膚非常柔軟。

非常美麗，讓人想一直看下去。

「欸，司郎。」

橘同學倚偎著我說道：

「我被司郎徹底迷住，已經離不開你了。」

◇

回程的新幹線上，橘同學一直貼在我身邊。

她一會兒在我的腿上睡覺，醒來之後就輕咬我的脖子，或是雙手握住我的手，不時還會咬我的手指。總之就是不停地觸碰著我的身體。

隨著新幹線逐漸接近東京，我開始思考接下來的事。

這趟旅行明顯非常短暫。

『一切都當作沒發生過就行了。』

雖然橘同學這麼說，但我們真的能把那天晚上的事情當作沒發生過嗎？

我們跟以前不是已經有了決定性的差異嗎？

我試圖以此當作前提，思考接下來該怎麼辦。

不過，昨晚甜美記憶的餘韻仍殘留在我的腦海，使我無法好好思考。

當我胡思亂想的時候，新幹線抵達了東京。

我拖著橘同學的行李走在月台上，而橘同學則緊緊挽著我的手臂，整個人貼在我身上。

「欸，司郎。」

橘同學抬起頭對我說著。

「待會兒要來我家嗎？畢竟媽媽她都很晚才回家……」

正當我們這麼聊著的時候。

月台上出現了一道熟悉的身影。

是個身穿米色海軍大衣的可愛女孩子。

在看到我們之後，她朝我們走了過來。

是早坂同學。

「對不起喔。」

她露出一如往常似乎有些困擾的笑容說著。

「因為我覺得很不安，有種桐島同學和橘同學會就這麼跑到其他地方去的感覺。」

所以她才會買票走進月台，等待我們回到這裡。

「而且，該說果然是很在意嗎。你看嘛，畢竟桐島同學回來之後就要做選擇了嘛……如果桐島同學已經做好決定，我想早點知道結──」

早坂同學話說到這裡就停了下來。

她看著我和橘同學的臉，視線轉到我們緊貼在一起的手臂上，此時她臉上的表情已經消失。

接著，早坂同學用不帶感情的語氣說道──

「你們做了呢。」

時間彷彿停止了一般。

橘同學加重了挽住我手臂的力道。

早坂同學眼神空洞地看著我們挽在一起的手臂。

「……我是個笨蛋。」

「是個愚蠢又遲鈍的女孩子。」早坂同學說著。

「但是，像這種事情，我還是看得出來的。」

此時早坂同學再次露出了困擾的笑容。

「桐島同學也是，為什麼做了呢，明明完全不肯跟我做的說。」

她的語氣雖然開朗，但明顯是在逞強。

所以最後還是低下了頭。

「好過分，兩個人都太過分了。」

她的瀏海垂了下來，使我看不出她的表情。

我原本想走到早坂同學身邊，向她說些什麼，但橘同學卻緊抓著我不肯放開，簡直就像是在要求我不要過去一樣。

早坂同學沉默了一會兒之後，用有些自暴自棄的語氣說道：

「我不介意喔。」

現場的氣氛變得劍拔弩張。

「就算橘同學和桐島同學做了也無所謂，這是真的喔。甚至我希望你們早點做呢。」

因為——

「有懲罰在嘛，禁止偷跑的懲罰。」

這是兩人從未對我說過的約定。

「感覺很不錯吧，第一次能和喜歡的人做。但我已經無法那麼做了，畢竟被橘同學搶先了嘛，我一輩子都不可能當第一順位了。不過，算了。這件事就讓給妳吧。」

所以作為代替——

「遵守約定吧，橘同學，妳要好好遵守約定才行。」

早坂同學用毫無起伏的語氣說著。

橘同學像是要躲在我背後似的後退了一步。

我不明白她們在說什麼。但是，她們似乎有共識。

「桐島同學，你不用選擇了。」早坂同學這麼說。

「什麼意思？」

「因為橘同學偷跑，所以已經有了結果，你不用再做選擇，已經決定了。」

「禁止偷跑的懲罰啊——」早坂同學說道。

「就是必須分手。我們約好了，偷跑的人要跟桐島同學分手。所以橘同學要跟桐島同學分手才行。」

遵守約定啊。

早坂同學這麼說著並抬起頭來，她正在哭。

淚水不斷地從早坂同學眼裡奪眶而出。她吸著鼻子想說些什麼，卻因為混雜了嗚咽什麼都說不出來，只能像個孩子一樣哭泣著。

但是，她依然擠出聲音，對橘同學說道。

我們約好了吧。

跟桐島同學，分手吧。

「現在，立刻分手吧！」

待續

後記

各位讀者大家好，我是作者西条陽。

實在非常感謝各位能看到第三集。

變成了「早坂啊～」的情況了呢。

恐怕早坂已經預料到橘會在旅途中偷跑，但她或許是抱著要是能將桐島占為己有，就算這樣也無所謂的想法吧。

是種不惜有所犧牲也要勝過對手的作戰呢。

但她不僅受了傷，連骨頭都被砍傷，事情已到了無法挽回的地步。

畢竟最重視「男女朋友該做的事」的人就是早坂。

像這種思慮不周的地方正是她笨拙的一面。

另一方面，橘嘔吐了呢。

沒想到備胎女友居然誕生了嘔吐系女主角。

我認為這還在可愛的範圍內，要是各位讀者能以溫暖的目光守望著她的話，將會是我的榮幸。

那麼，第四集會如何發展呢？

想必是兩位女孩子的尖銳感情發生激烈衝突的場面吧。

寫起來有點可怕。

我有種「快想想辦法啊，桐島」的心情。

桐島是個寫起來很有趣的男人，他老是因為想太多導致失敗，被女孩子玩弄在股掌之間。原以為他會對這種狀況十分煩惱，但他卻時而變成小嬰兒，或是用鼻子吸著幸福的白色粉末感到亢奮，莫名地很懂得配合。

我認為他是個優秀的主角。

如果一般人被兩個總是散發著修羅般情感的女孩子拉住雙手，就算她們外表多麼出眾，應該也會拔腿就跑吧。

另外，桐島的特徵是能夠堅定地肯定他人。

就算早坂有著跟清純形象不同的反差也能直接接受，就算橘的心情朝著柳的方向傾斜，他也只覺得會發生這種事並加以接受，不會責備橘。不過他也承認自己內心存在嫉妒的情緒。

我認為能肯定他人是一種很棒的美德。

早坂和橘會喜歡上桐島，肯定是因為這個緣故吧。

無論什麼時代，人們都喜歡對任何事物抱持積極和肯定態度的人。

關於兩個女孩都喜歡桐島的情況，作者我並不覺得有任何不對勁。

或者該說，我認為很多女孩子其實對於長得好看、有錢、或是時髦之類表面上的部分並不怎麼在意。

雖然這方面的觀點因為好懂且有趣，所以在電視節目之類的地方經常被大肆宣傳。但實際上大多數的女孩對此並未特別要求，給人一種很有包容心的印象。

那麼，怎樣的男人才容易受女孩子歡迎呢？從身邊的人看來，我認為「讓人討厭不起來的人」比較容易被喜歡。不需要是個好人，也不用解決心理創傷。是個平時就莫名樂觀積極的人就行了。

換句話說就是桐島（笑）。

就算面對穿著學校泳裝，變成小孩這種超脫常理的舉動，也只用一句「真是個調皮的小學生」帶過的男人，對女孩子而言肯定非常有安全感。跟他在一起會很輕鬆，大概就是這種感覺吧。

不過，這方面大概也包含了作者我對主角的擁戴，因此就算覺得這個桐島受歡迎理論很莫名其妙也完全沒關係。

無論如何，這個故事之所以能夠成立，完全就是基於肯定的力量。

不僅桐島是如此，早坂和橘也一樣。就算知道自己一行人內心的感情和關係不被世間所肯定，他們依然說著「那又如何？」並坦率地承認自己的感情。

第四集我也會靠著桐島等登場人物的肯定之力，將他們的想法和行動原原本本地撰寫下來。

雖然一個字都還沒動筆，但還是請各位好好期待。

那麼接下來是謝詞。

我要向責任編輯、電擊文庫的各位、校稿人員、美編設計、陳列本書的各大書店、提供特典的店家們，以及和本書相關的各位表達感謝。

Re岳老師，這次也感謝你畫出了這麼棒的插畫！

第一、二集都畫出了最棒的插畫，第三集的封面更是如此！

不僅畫得可愛又性感，還表現出了話語難以形容的不安，實在讓我非常感動。很高興能夠收到同時具備了優雅和危險的氛圍，獨一無二的插圖，真的感謝萬分！

最後，我要再次向各位讀者獻上謝意。

各位毫無疑問擁有肯定的力量。對於能夠包容這不健全又不道德故事的各位讀者，我只有滿滿的感謝。

要是各位願意繼續奉陪桐島他們不斷加速的故事，那將是我的榮幸。

請各位今後也多多支持備胎女友這部跨越底線的輕小說。

因為女朋友被學長NTR了，我也要NTR學長的女朋友 1~2 待續

Kadokawa Fantastic Novels

作者：震電みひろ　插畫：加川壱互

NTR的連鎖效應？第二戰即將爆發——
「與其選那樣的熟女，不如選我吧！」

時值跨年，優在新年參拜時與摯友的妹妹明華重逢。被哥哥帶去參加滑雪外宿活動的她，猛烈地對優展開追求！燈子害怕被NTR而著急起來，於是藉著酒意對優直率地傳達心意，卻因為煞不住車而衝過頭？

各 **NT$220~250/HK$73~83**

小惡魔學妹纏上了被女友劈腿的我 1~7 待續

Kadokawa Fantastic Novels

作者：御宮ゆう　插畫：えーる

禮奈留下了一句「不要客氣喔」——
真由與彩華即將拉近與悠太的距離！

經歷過與禮奈的夏日夜晚之後，悠太為了自身的成長，努力準備求職並且專注在學業上。但也因為太過忙碌，抽不出時間跟時常跑來家裡的真由，以及上了大學經常一起行動的彩華見面——就在這時，她們碰巧在悠太家相遇，真由於是對彩華提議要一決勝負！

各 **NT$220~260/HK$73~87**

國家圖書館出版品預行編目資料

我當備胎女友也沒關係。/西条陽作 ; 九十九夜譯.
-- 初版. -- 臺北市 : 臺灣角川股份有限公司,
2023.08-
冊 ;　公分. -- (Kadokawa fantastic novels)
譯自 : わたし、二番目の彼女でいいから。
ISBN 978-626-352-816-1(第3冊 : 平裝)

861.57　　　　　　　　112009604

Kadokawa
Fantastic
Novels

我當備胎女友也沒關係。3

（原著名：わたし、二番目の彼女でいいから。3）

2023年8月16日　初版第1刷發行

作　者：西条陽
插　畫：Re岳
譯　者：九十九夜
發行人：岩崎剛人
總編輯：蔡佩芬
編　輯：黎夢萍
美術設計：莊捷寧
印　務：李明修（主任）、張加恩（主任）、張凱棋

發行所：台灣角川股份有限公司
地　址：104台北市中山區松江路223號3樓
電　話：（02）2515-3000
傳　真：（02）2515-0033
網　址：www.kadokawa.com.tw
劃撥帳戶：台灣角川股份有限公司
劃撥帳號：19487412
法律顧問：有澤法律事務所
製　版：巨茂科技印刷有限公司
ISBN：978-626-352-816-1

WATASHI, NIBAMME NO KANOJO DE IIKARA. Vol.3

Edited by 電撃文庫
First published in Japan in 2022 by KADOKAWA CORPORATION, Tokyo.
Complex Chinese translation rights arranged with KADOKAWA CORPORATION, Tokyo.